MEDO E DELÍRIO EM LAS VEGAS

uma jornada selvagem ao coração do Sonho Americano

Hunter S. Thompson

MEDO E DELÍRIO EM LAS VEGAS

uma jornada selvagem ao coração do Sonho Americano

Tradução de DANIEL PELLIZZARI
Ilustrações de RALPH STEADMAN

L&PM CLÁSSICOS MODERNOS

Texto de acordo com a nova ortografia.
Título original: *Fear and Loathing in Las Vegas: a Savage Journey to the Heart of the American Dream*

Também disponível na Coleção **L&PM** POCKET (2010)

Tradução: Daniel Pellizzari
Capa: Ivan Pinheiro Machado. *Ilustração*: iStock
Ilustrações de miolo: Ralph Steadman. Copyright © 1971 by Ralph Steadman.
www.ralphsteadman.com
Revisão: Patrícia Yurgel, Gustavo de Azambuja Feix e Joseane Rücker

CIP-Brasil. Catalogação na Fonte
Sindicato Nacional dos Editores de Livros, RJ.

T389m

Thompson, Hunter S., 1937-2005
Medo e delírio em Las Vegas : uma jornada selvagem ao coração do Sonho Americano / Hunter S. Thompson; [ilustrações: Ralph Steadman]; tradução: Daniel Pellizzari. – Porto Alegre, RS: L&PM, 2018.
208p. : il. – 20 cm (Coleção L&PM Clássicos Modernos)

Tradução de: *Fear and Loathing in Las Vegas: a Savage Journey to the Heart of the American Dream*

ISBN 978-85-254-3808-9

1. Thompson, Hunter S., 1937-2005. 2. Jornalistas - Estados Unidos - Biografia. I. Título.

10-1118. CDD: 920.5
CDU: 929:070

Rua Comendador Coruja, 314, loja 9 – Floresta – 90.220-180
Porto Alegre – RS – Brasil / Fone: 51.3225.5777

Pedidos & Depto. Comercial: vendas@lpm.com.br
Fale conosco: info@lpm.com.br
www.lpm.com.br

Impresso no Brasil
Primavera de 2018

Para Bob Geiger,
por motivos que não precisam ser explicados aqui
– e para Bob Dylan,
por "Mister Tambourine Man"

PARTE UM

Estávamos em algum lugar perto de Barstow, à beira do deserto, quando as drogas começaram a fazer efeito. Lembro que falei algo como "estou meio tonto; acho melhor você dirigir..." E de repente fomos cercados por um rugido terrível, e o céu se encheu de algo que pareciam morcegos imensos, descendo, guinchando e mergulhando ao redor do carro, que avançava até Las Vegas a uns 160 por hora, com a capota abaixada. E uma voz gritava: "Jesus Santíssimo! Que diabo são esses bichos?".

Então o silêncio voltou. Meu advogado tinha tirado a camisa e estava derramando cerveja no peito para facilitar o processo de bronzeamento. "Por que você tá gritando, porra?", resmungou, olhando para o sol com os olhos fechados e protegidos por óculos escuros espanhóis que se ajustavam à cabeça. "Deixa pra lá", respondi. "É sua vez de dirigir." Pisei no freio e conduzi o Grande Tubarão Vermelho até o acostamento da rodovia. Melhor nem citar os morcegos, pensei. Não ia demorar para que o infeliz também os visse.

Era quase meio-dia e ainda tínhamos cerca de duzentos quilômetros pela frente. Seriam quilômetros difíceis. Eu sabia que muito em breve nós dois estaríamos completamente alucinados. Mas não havia mais volta, nem tempo para descansar. Precisávamos seguir em frente. O credenciamento de imprensa para a fabulosa Mint 400 já tinha começado, e precisávamos chegar até as quatro para ter direito à nossa suíte à prova de som. Uma revista esportiva de Nova York, muito na moda, tinha providenciado as reservas e aquele imenso conversível vermelho da Chevrolet, alugado na Sunset Strip... e, afinal de contas, eu era um jornalista profissional; portanto, por bem ou por mal, tinha a obrigação de *cobrir a matéria.*

Dos trezentos dólares em dinheiro fornecidos pelos editores da revista, quase tudo já tinha sido gasto em drogas altamente perigosas. O porta-malas do carro mais parecia um laboratório móvel do departamento de narcóticos. Tínhamos dois sacos de maconha, 75 bolinhas de mescalina, cinco folhas de ácido de alta concentração, um saleiro cheio até a metade com cocaína e mais uma galáxia inteira de pílulas multicoloridas, estimulantes, tranquilizantes, berrantes, gargalhantes... além de um litro de tequila, outro de rum, uma caixa de Budweiser, meio litro de éter puro e duas dúzias de amilas.

Tudo isso tinha sido coletado na noite anterior, durante um passeio em alta velocidade por todo o condado de Los Angeles – de Topanga a Watts, pegando qualquer coisa em que conseguíssemos pôr as mãos. Não que *precisássemos* de tudo aquilo para a viagem, mas, quando alguém se dedica de verdade à tarefa de montar um suprimento de drogas, a tendência é levar a coisa a sério.

Só o éter me preocupava de verdade. Nada neste mundo é mais inútil, irresponsável e depravado que um homem completamente chapado de éter. E eu sabia que não iria demorar muito para usarmos aquela porcaria. Talvez acontecesse no próximo posto de gasolina. Já tínhamos experimentado quase tudo, e agora... sim, havia chegado a hora de dar uma boa cafungada no éter. E então dirigir por 150 quilômetros num estupor horrendo, babando como se tivéssemos paralisia cerebral. Quando alguém está chapado de éter, a única maneira de se manter alerta é tomar um monte de amilas – mas não de uma só vez. Tem que ser aos poucos, apenas para manter o foco enquanto cruzamos Barstow a 140 por hora.

"Cara, é assim que se viaja", comentou meu advogado, e se inclinou para aumentar o volume do rádio. Cantarolou a melodia e meio que resmungou a letra: "*One toke over the line, Sweet Jesus... One toke over the line...*"*

---

* "One Toke Over The Line", de Brewer & Shipley. Em tradução literal: "Uma tragada sobre a linha do trem, meu doce Jesus... Uma tragada sobre a linha do trem...". Há um duplo sentido aqui, já que coloquialmente "one toke over the line" também pode significar algo como "fui longe demais". (N.T.)

One toke? Pobre infeliz! Espera só até você enxergar aqueles morcegos desgraçados. Eu mal conseguia escutar o rádio... estava quase deitado no banco do carro, brigando com um gravador tocando "Sympathy for the Devil" no último volume. Era nossa única fita. Escutávamos aquilo o tempo inteiro, sem parar, numa espécie de contraponto demente ao som que saía do rádio. E servia também para manter o ritmo na estrada. Uma velocidade constante faz a gasolina render mais – e naquela hora, por algum motivo, isso parecia importante. De fato. Nesse tipo de viagem, é *obrigatório* fazer a gasolina render. Evitar as aceleradas violentas que jogam o sangue para o fundo do cérebro.

Meu advogado enxergou o sujeito que pedia carona bem antes de mim. "Vamos dar uma carona pro garoto", falou, e antes que eu pudesse discutir ele parou o carro. Um pobre rapaz caipira se aproximou correndo, com um sorriso enorme no rosto. "Pela madrugada!", exclamou. "Nunca andei num conversível!"

"É mesmo?", perguntei. "Bem, acho que agora é sua chance, né?"

O garoto concordou com a cabeça, empolgado, e arrancamos cantando pneu.

"Somos seus amigos", falou meu advogado. "Somos diferentes dos outros."

Jesus, pensei, ele já saiu de órbita. "Chega desse papo", cortei. "Senão boto as sanguessugas em você." Meu advogado riu, parecendo entender. Por sorte, eram tantos ruídos no carro – o vento, o rádio, o gravador – que, no banco de trás, o garoto não ouvia uma só palavra do que estávamos dizendo. Ou será que ouvia?

Por quanto tempo conseguiríamos nos *controlar*?, eu me perguntava. Quanto tempo vai demorar até um de nós começar a tagarelar e encher o saco desse garoto? Este deserto solitário foi o último lar conhecido da família Manson. Será que o garoto vai fazer essa relação quando meu advogado começar a berrar sobre morcegos e jamantas imensas mergulhando dos céus na direção do carro? Se fizer... bem, nesse caso vamos ser obrigados a decepar sua cabeça e enterrar o cadáver em algum lugar. Porque nem preciso dizer que não seria possível deixar o garoto à solta. Ele nos denunciaria na hora para algum órgão de segurança pública tacanho e nazista. Viriam atrás da gente como cães de caça.

Jesus! Será que *falei* isso? Ou só pensei? Eu estava falando? Será que me ouviram? Olhei de relance para o meu advogado, mas ele parecia tranquilo – atento à estrada, dirigindo nosso Grande Tubarão Vermelho a uns 180 por hora. Do banco de trás não vinha nenhum som.

Talvez seja melhor bater um papo com esse garoto, pensei. Se eu *explicar* algumas coisas, talvez ele fique calmo.

É claro. Eu me virei no banco e abri um sorriso enorme... admirando o formato do seu crânio.

"Por sinal", comecei, "acho importante você entender uma coisa."

Ele me encarou sem piscar. Estaria rangendo os dentes?

"Está me *ouvindo*?", gritei.

Ele fez que sim com a cabeça.

"Ótimo", falei. "Porque você precisa saber que estamos a caminho de Las Vegas pra encontrar o Sonho Americano." Sorri. "Por isso alugamos este carro. Era a única maneira. Entendeu?"

Ele mexeu a cabeça novamente, mas notei certo nervosismo em seus olhos.

"Quero contar tudo pra você", continuei. "Porque estamos numa missão bastante assustadora – com nuances de grande perigo... Porra, eu tinha me esquecido da cerveja. Quer uma?"

Ele sacudiu a cabeça.

"E que tal um pouco de éter?", perguntei.

"Hein?"

"Nada. Vamos direto ao que interessa. Olha, umas 24 horas atrás a gente estava no Polo Lounge do hotel Beverly Hills – ao ar livre, é claro. Estávamos apenas sentados ali, debaixo de uma palmeira. Aí um anão de uniforme chegou perto de mim, carregando um telefone cor-de-rosa, e disse: 'Este deve ser o telefonema pelo qual o senhor esperou a vida toda'."

Dei risada e abri uma cerveja que encheu o banco de trás de espuma. Continuei falando. "E sabe da melhor? Ele tinha razão! Eu

R. ST.

estava *mesmo* esperando aquele telefonema, mas não fazia ideia de onde ele viria. Está entendendo?"

O rosto do garoto tinha virado uma máscara de puro medo e confusão.

Segui adiante: "Você precisa saber que este homem ao volante é o meu *advogado*! Não é um paspalho qualquer que encontrei na Strip. Porra, *olha bem* pra ele! Não é parecido comigo nem com você, né? É que ele é estrangeiro. Samoano, acho. Mas isso não importa, né? Você é preconceituoso?".

"Claro que *não*!", o garoto se apressou em responder.

"Imaginei", eu disse. "Porque, apesar da raça, este homem é muito valioso pra mim." Olhei de relance para o meu advogado, mas sua mente estava longe dali.

Dei um murro no banco do motorista. "Isso é *importante*, porra! É uma *história real*!" O carro derrapou e voltou a se endireitar. "Tira a mão do meu pescoço, caralho!", berrou meu advogado. No banco de trás, o garoto parecia disposto a correr o risco de saltar do carro em movimento.

Estávamos recebendo vibrações escrotas – mas por quê? Fiquei perplexo, frustrado. Não havia comunicação naquele veículo? Tínhamos regredido ao nível de *bestas de carga*?

Porque minha história *era* real. Disso eu tinha certeza. E era muitíssimo importante, na minha opinião, tornar absolutamente claro o *sentido* de nossa jornada. Nós realmente estávamos sentados no Polo Lounge – fazia muitas horas – bebendo *singapore slings* e mescal, rebatendo tudo com cerveja. E graças a isso eu estava no ponto quando recebi o telefonema.

Lembro que o Tampinha parecia cauteloso ao se aproximar da nossa mesa. Quando me estendeu o telefone cor-de-rosa, eu não disse nada, só escutei. Então desliguei e olhei bem para o meu advogado. "Era a base", expliquei. "Querem que eu vá agora mesmo pra Las Vegas e entre em contato com um fotógrafo português chamado Lacerda. Mais detalhes, só com ele. Tudo que preciso fazer é me instalar na suíte, aí ele aparece pra falar comigo."

Por um instante meu advogado não disse nada, até começar a se remexer na cadeira. "Puta que *caralho*!", exclamou. "Acho que estou *captando*. Isso aí parece confusão!" Enfiou a camiseta cáqui para dentro das calças boca de sino de raiom branco e pediu mais alguns drinques. "Você vai precisar de muita consultoria legal pra resolver essa história", falou. "E minha primeira recomendação é alugar um carro bem veloz, sem capota, e cair fora de Los Angeles por no mínimo 48 horas." Sacudiu a cabeça, desanimado. "Isso estraga o meu final de semana, porque é óbvio que vou ter que ir com você – e precisamos estocar munição."

"E por que não?", concordei. "Se vale a pena fazer uma coisa dessas, então façamos direito. Vamos precisar de um equipamento decente e muito dinheiro vivo – no mínimo pra comprar drogas e um gravador supersensível que me permita fazer um registro permanente."

"E qual é a pauta?", meu advogado quis saber.

"Preciso cobrir a Mint 400", expliquei. "É a maior corrida off-road de motocicletas e buggies da história das competições esportivas – um espetáculo fantástico em honra de um *grossero* balofo chamado Del Webb, proprietário do luxuoso hotel Mint, no coração de Las Vegas... pelo menos é o que diz o release; meu contato em Nova York acabou de ler pelo telefone."

"Bem", falou, "como seu advogado, recomendo que compre uma motocicleta. É o único jeito de cobrir um evento desses da maneira correta."

"Tem razão", concordei. "Mas onde vamos conseguir uma Vincent Black Shadow?"

"O que é isso?"

"Uma moto fantástica", expliquei. "O novo modelo tem umas duas mil cilindradas, chegando a duzentos cavalos a quatro mil rpm, estrutura de magnésio com dois bancos de poliestireno e um peso total de exatamente noventa quilos."

"Parece ideal pra essa missão", comentou.

"E é mesmo", confirmei. "É meio ruim nas curvas, mas, porra, nas retas ela é um demônio. Ultrapassa até um F-111 durante a decolagem."

"Decolagem?", perguntou. "E a gente aguenta tudo isso?"

"Claro", garanti. "Vou ligar pra Nova York e pedir a grana."

2.
Confiscando trezentos dólares de uma porca em Beverly Hills

O pessoal de Nova York não conhecia a Vincent Black Shadow; me mandaram para a sucursal de Los Angeles – fica em Beverly Hills, a alguns quarteirões do Polo Lounge – mas quando cheguei lá a tesoureira se recusou a me entregar mais de trezentos dólares em dinheiro vivo. Quando ela disse que não fazia a menor ideia de quem eu era, eu já estava encharcado de suor. Meu sangue é espesso demais para a Califórnia: nunca consegui argumentar direito nesse clima. Não daquele jeito, suando como um condenado... com os olhos vermelhos e as mãos trêmulas.

Então peguei os trezentos dólares e fui embora. Meu advogado estava à minha espera no bar da esquina. "Isso aí não vai dar", reclamou. "Precisamos de crédito ilimitado."

Garanti que seria providenciado. "Vocês samoanos são todos iguais", desdenhei. "Não têm fé na decência inerente à cultura do homem branco. Jesus, uma hora atrás a gente estava sentado naquela espelunca, sem um centavo no bolso e sem programa para o fim de semana. Aí um completo desconhecido telefonou de Nova York mandando eu ir pra Las Vegas sem me preocupar com as despesas... e depois me deu o endereço de um escritório em Beverly Hills, onde sem mais nem menos outra completa desconhecida me entregou trezentos dólares em dinheiro vivo. Isso, meu camarada, é o Sonho Americano em ação! Só idiotas não levariam essa estranha aventura até o fim."

"De fato", admitiu. "*Precisamos* fazer isso."

"Certo", falei. "Mas antes precisamos do carro. E da cocaína. E depois a gente compra o gravador, pra ouvir uma trilha sonora especial, e umas camisas de Acapulco." Senti que a única maneira de ficar pronto para uma viagem como aquela era me vestir como um pavão humano, enlouquecer, cantar pneu pelo deserto e, no fim das contas, *cobrir a matéria*. Nunca se esqueça da sua responsabilidade principal.

Mas *qual* era a pauta, exatamente? Ninguém se dignou a dizer. Teríamos que descobrir sozinhos. Livre-Iniciativa. O Sonho Americano. Horatio Alger destruído pelas drogas em Las Vegas. Fazer tudo *na hora*: puro jornalismo gonzo.

Havia também o fator sociopsíquico. Às vezes, quando a vida se torna complicada e os sacanas fecham o cerco, a única solução é montar um estoque de substâncias químicas nefastas e dirigir como um filho da puta de Hollywood a Las Vegas. Para *relaxar*, digamos assim, no ventre do sol do deserto. Baixar a capota e mandar ver, encher o rosto de bronzeador e seguir em frente com a música no último volume e pelo menos meio litro de éter.

Não tivemos nenhuma dificuldade para conseguir as drogas, mas arranjar o carro e o gravador não era assim tão simples às seis e meia da tarde de uma sexta-feira em Hollywood. Eu tinha um carro, mas era pequeno e lento demais para enfrentar o deserto. Fomos até um bar em estilo polinésio, onde meu advogado fez dezessete telefonemas até localizar um conversível com potência suficiente e cor adequada.

"Reserva esse aí", ouvi ele dizer ao telefone. "Em meia hora a gente chega pra fechar negócio." Depois de uma pausa, começou a berrar: "Como? Mas é *claro* que o cavalheiro tem cartão de crédito! Você sabe com quem tá falando, porra?".

"Não deixa esses porcos serem folgados com você", falei quando ele bateu o telefone. "Agora precisamos achar uma loja de eletrônicos que venda equipamento da melhor qualidade. Nada de porcaria. Temos que achar um dos novos Heliowatts belgas, com microfone ativado por voz, para gravar as conversas dos outros carros."

Depois de muitos outros telefonemas, localizamos nosso equipamento numa loja a oito quilômetros de distância. Estava

fechada, mas o vendedor disse que esperaria por nós se chegássemos logo. Estávamos a caminho da loja quando fomos atrasados por um Stingray que atropelou e matou um pedestre na Sunset Boulevard. Quando chegamos à loja, já estava fechada. Tinha gente lá dentro, mas se recusaram a abrir as portas duplas de vidro até recorrermos a uns pontapés para deixar as coisas bem claras.

Enfim dois vendedores apareceram na porta, com chaves de roda na mão. Conseguimos negociar a venda através de uma fresta. Abriram a porta, deixando uma brecha suficiente apenas para empurrar o equipamento para fora, e então a bateram e trancaram novamente. "Agora peguem esse troço e caiam fora daqui", um deles berrou.

Meu advogado deu uma banana na direção da porta. "Nós voltaremos", gritou. "Qualquer dia desses vou jogar uma bomba nessa porra! Tem o nome de vocês na nota fiscal! Vou descobrir onde moram e queimar suas casas!"

"Agora ele vai ter com que se preocupar", resmungou enquanto nos afastávamos. "Esse cara é um psicótico paranoide. São fáceis de reconhecer."

Tivemos mais problemas na locadora de automóveis. Depois de assinar toda a papelada, entrei no carro e me atrapalhei ao dar ré pelo estacionamento até a bomba de gasolina. O funcionário, é claro, ficou nitidamente abalado.

"Digam uma coisa... hã... vocês vão tomar *cuidado* com esse carro, né?"

"Claro."

"É que... puxa!", exclamou. "É que você passou raspando por aquela pilastra de concreto e nem reduziu a velocidade! Quase oitenta por hora, de ré! E quase bateu na bomba de combustível!"

"Mas não aconteceu nada", desdenhei. "Sempre testo a transmissão desse jeito. De *ré*. É mais confiável."

Enquanto isso, meu advogado se ocupava em transferir rum e gelo do Ford Pinto para o banco de trás do conversível. O funcionário da locadora observava, nervoso.

"Digam", interpelou. "Vocês vão *beber*?"

"Eu não", respondi.

"Enche o tanque de uma vez." Meu advogado tinha perdido a paciência. "A gente tá com muita pressa. Vamos até Las Vegas pruma corrida no deserto."

"Como?"

"Não se preocupe", falei. "Somos pessoas responsáveis." Quando ele fechou a tampa do tanque de gasolina, engatei a primeira e mergulhamos no tráfego.

"Outro encanado", comentou meu advogado. "Esse aí deve estar louco de anfetamina."

"É, você podia ter dado umas vermelhas* pra ele."

"Vermelhas não iam resolver o problema daquele porco", desconversou. "Ele que se foda. Temos muita coisa pra resolver antes de cair na estrada."

"Eu queria conseguir umas batinas", sugeri. "Podem ser úteis em Las Vegas."

Mas nenhuma loja de trajes religiosos estava aberta. Também não estávamos dispostos a arrombar uma igreja. "Ah, deixa pra lá", falou meu advogado. "É bom lembrar que certos policiais são católicos muito carolas. Dá pra imaginar o que esses filhos da puta fariam se nos pegassem totalmente drogados e bêbados, usando batinas roubadas? Jesus, a gente ia ser castrado!"

---

* Cápsulas de Seconal (secobarbital), um barbitúrico com efeito sedativo, hipnótico, anestésico e anticonvulsivante. (N.T.)

"Tem razão", concordei. "E, pelo amor de Jesus Cristo, larga esse cachimbo quando a gente parar no sinal. Não esquece que estamos num conversível."

Meu advogado balançou a cabeça. "A gente precisa de um narguilé bem grande. Pra deixar aqui embaixo, fora de vista. Se alguém vir, vai achar que estamos usando oxigênio."

Passamos o resto da noite reunindo coisas e colocando tudo no carro. Depois tomamos um pouco de mescalina e fomos dar umas braçadas no mar. Assim que amanheceu tomamos café da manhã em Malibu e dirigimos bem devagar pela cidade até chegar à enevoada freeway de Pasadena, a caminho do Leste.

3.

Estranho remédio no deserto... Uma crise de confiança

Continuo vagamente obcecado pelo comentário do garoto a respeito de "nunca" ter andado num conversível. Aquele pobre coitado vivia num mundo de conversíveis que passavam zunindo pelas rodovias o tempo todo sem nunca ter *andado* num deles. Isso fazia com que eu me sentisse o rei Faruk. Quase obriguei meu advogado a estacionar no aeroporto mais próximo, com a intenção de pedir que ele arrumasse algum jeito, com um contrato qualquer, de simplesmente *doarmos* o carro para aquele infeliz. Dizer: "toma, assina aqui e o carro é seu", entregar as chaves para o garoto e depois usar o cartão de crédito para pegar um jato até algum lugar, talvez Miami. Chegando lá, alugaríamos outro imenso conversível vermelho para uma viagem movida a drogas, cruzando as águas a toda velocidade até chegar à última parada em Key West... e então trocar o carro por um barco. Seguir em frente.

Mas essa ideia demente logo acabou sendo esquecida. Não havia por que criar problemas para aquele garoto inofensivo – e além disso eu tinha *planos* para o carro. Estava louco para dar umas voltas em Las Vegas dirigindo aquele negócio. Talvez fazer uns pegas na Strip; parar naquele semáforo imenso em frente ao Flamingo e gritar para os outros carros:

"Tudo bem, seus covardes de merda! Suas bichas! Quando essa porra de sinal ficar verde eu vou pisar fundo e tirar todos vocês do meu caminho, seus cuzões!"

Isso mesmo. Desafiar os filhos da puta em seu próprio território. Cantar pneu na faixa de pedestres e arrancar derrapando, segurando uma garrafa de rum e enfiando a outra mão na buzina para abafar a música... olhos vidrados, pupilas dilatadas escondidas por trás de óculos escuros minúsculos de armação folheada a ouro, berrando coisas sem nenhum sentido... um bêbado *realmente* perigoso, fedendo a éter e psicose terminal. Acelerando até o motor chiar, esperando o sinal abrir...

Não é muito comum ter uma chance como essa. Uma oportunidade de deixar os filhos da puta incomodados até a medula. Quando sentem que vão morrer, os elefantes velhos cambaleiam até as montanhas; os americanos velhos, por sua vez, vão para rodovias e rumam para a morte em carros imensos.

Mas nossa viagem era diferente. Era uma afirmação clássica de tudo que é correto, verdadeiro e decente no caráter nacional. Era uma saudação grosseira e material às *possibilidades* fantásticas da vida neste país – disponíveis apenas para quem realmente tem coragem. E isso nós tínhamos de sobra.

Apesar de sua desvantagem racial, meu advogado entendia o conceito, mas não era uma ideia fácil de transmitir ao garoto. Ele *dizia* entender, mas seus olhos afirmavam o contrário. Aquele garoto estava mentindo para mim.

De repente o carro guinou para fora da estrada e deslizamos até parar em cima do cascalho. Fui jogado contra o painel. Meu advogado desabou sobre o volante. "O que aconteceu?", gritei. "Não dá pra parar *aqui*. Estamos na terra dos morcegos!"

"Meu coração", ele gemeu. "Cadê o remédio?"

"Ah", respondi. "O remédio, claro, está bem aqui." Catei umas amilas na sacola. O garoto parecia congelado. "Não se preocupe", falei. "Este homem tem problemas no coração – *angina pectoris*. Mas nós temos a cura. Sim, aqui está ela." Tirei quatro amilas da latinha e estendi duas para o meu advogado. Na mesma hora ele quebrou uma cápsula debaixo do nariz. Fiz a mesma coisa.

Meu advogado deu uma bela fungada e se recostou com força no banco, olhando direto para o sol. "Aumenta essa música, caralho!", gritou. "Meu coração tá parecendo um jacaré!"

"Volume! Limpidez! Grave! Precisamos de graves!" Sacudiu os braços para o céu. "Qual é o nosso *problema*, porra? Por acaso somos *velhinhas*?"

Aumentei o rádio e o gravador até o volume máximo. "Desgraçado", praguejei. "Olha como fala, seu advogado charlatão! Você está falando com um doutor em jornalismo!"

Ele ria, descontrolado. "Mas que porra estamos *fazendo* no meio do deserto?", berrou. "Chamem a polícia! Precisamos de ajuda!"

"Ignore esse porco", falei para o garoto. "Ele não tolera muito bem o remédio. Na verdade, *nós dois* somos doutores em jornalismo. Estamos a caminho de Las Vegas para cobrir a pauta mais importante da nossa geração." Aí comecei a gargalhar...

Meu advogado se virou para trás e encarou o garoto. "Na verdade", falou, "vamos pra Vegas apagar um traficante de heroína chamado Henry Selvagem. Conheço esse cara há um tempão, mas ele enganou a gente... e você sabe o que isso quer dizer, né?"

Eu queria fazer ele calar a boca, mas não conseguíamos parar de rir. Que porra *estávamos* fazendo naquele deserto se nós dois tínhamos problemas no coração?

"Henry Selvagem assinou sua sentença de morte!", rosnou meu advogado para o garoto no banco de trás. "Vamos arrancar os pulmões dele!"

"E depois comer!", completei. "Aquele filho da puta não vai sair impune! Que país é este? Desde quando um vagabundo tenta passar a perna num doutor em jornalismo?"

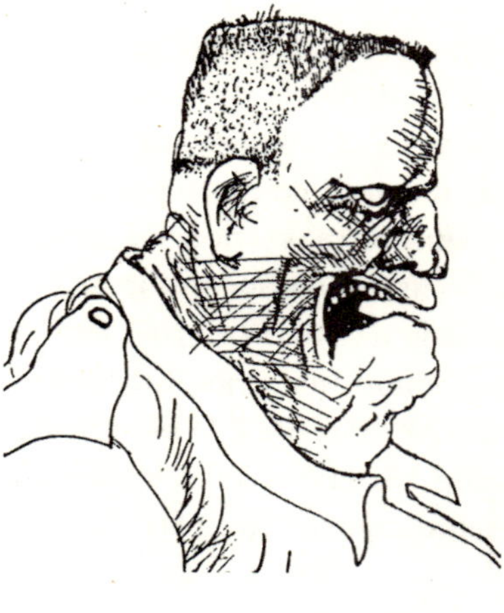

Não houve resposta. Meu advogado cafungou outra amila e o garoto fugiu do banco de trás, escorregando pelo porta-malas. "Valeu pela carona", gritou. "Valeu *mesmo*, caras. Eu *gostei* de vocês. Não se preocupem *comigo*." Botou os pés no asfalto e saiu correndo de volta para Baker. Bem no meio do deserto, sem ao menos uma árvore à vista.

"Espera um pouco", berrei. "Volta aqui, pega uma cerveja." Mas pelo jeito ele não conseguia me escutar. A música estava muito alta e ele se afastava de nós a uma boa velocidade.

"Já vai tarde", disse meu advogado. "Estávamos com um problemão nas mãos. Esse garoto me deixou nervoso. Viu os *olhos* dele?" Ainda estava rindo. "Jesus!", exclamou. "Que remédio bom!"

Abri a porta e passei para o lado do motorista. "Sai daí", falei. "Vou dirigir. Precisamos sair da Califórnia antes que o garoto encontre algum policial."

"Porra, isso vai levar horas", desdenhou meu advogado. "Ele tá a quase duzentos quilômetros de qualquer lugar."

"Nós também", respondi.

"Vamos dar meia-volta e voltar pro Polo Lounge", sugeriu. "Duvido que procurem a gente por lá."

Ignorei a sugestão. "Abre a tequila", berrei quando o vento voltou a fazer barulho; pisei fundo no acelerador assim que voltamos à rodovia. Pouco depois meu advogado se debruçou em cima de um mapa. "Bem ali tem um lugar chamado Fontes Mescal", informou. "Como seu advogado, recomendo que encoste o carro pra gente nadar um pouco."

Sacudi a cabeça. "É absolutamente imperativo que a gente chegue ao hotel Mint dentro do prazo para o credenciamento da imprensa", falei. "Senão vamos ter que pagar pela suíte."

Meu advogado assentiu com a cabeça. "Mas vamos esquecer essa conversa fiada de Sonho Americano", falou. "Só o que importa é o Grande Sonho *Samoano*." Estava remexendo na sacola de drogas. "Acho que tá na hora de mascar um ácido", sugeriu. "Faz um tempão que aquela mescalina vagabunda parou de fazer efeito e não sei se ainda aguento o cheiro dessa merda de éter."

"Eu *gosto*", respondi. "Bem que a gente podia encharcar uma toalha com éter e botar no assoalho do carro, ali perto do acelerador. Aí o vapor ia ficar subindo pro meu nariz durante todo o caminho até Las Vegas."

Ele estava virando a fita. O rádio gritava: "Power to the People – Right On!".* A canção política de John Lennon, dez anos atrasada. "Esse pobre infeliz não deveria ter saído de onde estava", comentou meu advogado. "Esses vagabundos só atrapalham quando tentam falar sério."

"Por sinal", aproveitei a deixa, "falando sério, chegou a hora do éter e da cocaína."

"Chega de éter", ele reclamou. "Melhor guardar o resto pra encharcar o tapete da suíte no hotel. Toma, aqui tem metade da sua folha de ácido. Agora masca aí, que nem chiclete."

Peguei o ácido e enfiei na boca. Meu advogado começou a mexer no saleiro com cocaína. Abriu. Derramou tudo. Aí gritou e ficou sacudindo as mãos no ar enquanto a fina poeira branca se espalhava pela rodovia do deserto. Um caríssimo redemoinho de pó escapou do Grande Tubarão Vermelho. "Ah, *Jesus*", ele gemeu. "Viu só o que Deus acabou de fazer com a gente?"

"Deus não fez nada!", gritei. "Foi *você*! Seu bosta, você é um investigador do departamento de narcóticos! Estou de olho em você desde o começo, seu porco!"

"Cuidado com a língua", ele sugeriu. Aí sacudiu na minha direção um revólver Colt Python negro, de cano curto e raiado, calibre Magnum 357. "Abutres não faltam por aqui", ameaçou. "Deixam seus ossos bem limpinhos antes de o sol raiar."

"Putinha", falei. "Quando a gente chegar a Las Vegas você vai virar picadinho. Como acha que os traficantes vão reagir quando eu aparecer por lá com um samoano do departamento de narcóticos?"

"Nós dois vamos ser mortos", respondeu. "Henry Selvagem sabe quem eu sou. Sou seu *advogado*, porra!" Começou a rir e não parou mais. "Você tá louco de ácido, seu imbecil. Vai

---

* "Poder para o Povo – É isso aí!" (N.T.)

ser um milagre se a gente conseguir chegar ao hotel e se registrar antes que você vire um animal selvagem. Tá pronto pra isso? Tá pronto pra se hospedar num hotel em Vegas com nome falso, cometendo falsidade ideológica, com a cabeça em chamas por causa do ácido?" Sem parar de rir, enfiou o nariz no saleiro, encostando o rolinho verde de uma nota de vinte dólares no que tinha sobrado do pó.

"Quanto falta?", eu quis saber.

"Mais uns trinta minutos", ele respondeu. "Como seu advogado, recomendo que enfie o pé nesse acelerador."

Las Vegas estava logo à frente. Já dava para ver os contornos dos hotéis e dos prédios da Strip tomando o céu em meio às ondas de calor do deserto: o marcante Sahara, o Americana e o sinistro Thunderbird – um grupo de retângulos cinzentos ao longe, surgindo em meio aos cactos.

Trinta minutos. Chegaríamos em cima da hora. Nosso objetivo era a imensa torre do hotel Mint, bem no centro – e se a gente perdesse o controle antes de chegar lá nos restaria a Penitenciária Estadual de Nevada, em Carson City. Eu já tinha passado por lá, mas para conversar com os detentos – e não tinha nenhuma intenção de voltar, por qualquer motivo que fosse. Então não havia escolha: era preciso encarar o desafio, e o ácido que se fodesse. Aguentar toda a burocracia, guardar o carro na garagem do hotel, ter paciência com o recepcionista, lidar com o mensageiro, buscar as credenciais – tudo falso, totalmente ilegal, uma completa fraude, mas obviamente teria que ser feito.

"MATE O CORPO E A CABEÇA MORRERÁ"

Por algum motivo essa frase aparece no meu caderno. Talvez tenha alguma relação com Joe Frazier. Será que ainda está vivo? Será que ainda consegue falar? Assisti àquela luta em Seattle – horrivelmente alucinado, bem pertinho do governador. Uma experiência muito dolorosa em todos os sentidos, um final adequado para os anos 60: Tim Leary prisioneiro de Eldridge Cleaver na

Argélia, Bob Dylan passando dificuldades em Greenwich Village, os dois Kennedy assassinados por mutantes, Owsley dobrando guardanapos em Terminal Island e, por fim, Cassius/Ali derrubado de seu pedestal por um hambúrguer humano, um homem moribundo. Como Nixon, Joe Frazier acabou saindo vitorioso por motivos que gente como eu se recusou a compreender – ao menos em público.

...Mas essa foi outra época, há muito encerrada, bem distante das realidades grosseiras deste asqueroso Ano de Nosso Senhor de 1971. Muitas coisas mudaram desde então. E naquele momento eu estava em Las Vegas como correspondente especial de uma revista metida a besta que tinha me enviado até lá no Grande Tubarão Vermelho por algum motivo que ninguém admitia compreender. "Vai lá dar uma olhada", eles disseram, "e depois a gente resolve..."

Isso mesmo. Dar uma olhada. Mas, quando enfim chegamos ao hotel Mint, meu advogado não estava em condições de dar um jeito de subverter com elegância o procedimento de registro de hóspedes. Fomos obrigados a entrar na fila como todos os outros – uma coisa que se provou bastante difícil naquelas circunstâncias. Eu repetia para mim mesmo: "Fique quieto, fique calmo, não diga nada... fale apenas quando falarem com você: diga seu nome, seu cargo e seu veículo de comunicação, nada mais, ignore essa droga terrível, finja que nada está acontecendo...".

Nem sei como explicar o terror que senti quando finalmente me arrastei até o balcão e comecei a balbuciar. Todas as minhas tão bem ensaiadas frases desabaram por terra diante do olhar frio daquela mulher. "Oi", comecei. "Meu nome é... ah, Raoul Duke... sim, *estou na lista*, é claro. Almoço grátis, informações completas, cobertura total.. e por que não? Trouxe meu advogado comigo. Compreendo que o nome *dele* não consta da lista, mas *precisamos* dessa suíte, sim, na verdade este homem é o meu *motorista*. Trouxemos o Tubarão Vermelho lá da Strip e agora chegou a hora do deserto, é ou não é? Sim. Dá uma olhada na lista, você vai ver. Não se preocupe. Qual é o esquema aqui? Qual é o próximo passo?"

A mulher nem piscou. "Seu quarto ainda não está pronto", informou. "Mas uma pessoa perguntou pelo senhor."

"Não!", gritei. "Por quê? Ainda *nem fizemos* nada!" Minhas pernas se transformaram em borracha. Eu me agarrei ao balcão e fui me inclinando na direção do envelope que ela tentava entregar, mas me recusei a aceitá-lo. O rosto da mulher era *mutante*: inchava, pulsava... papadas verdes e horríveis, dentes afiados à mostra, o rosto de uma Moreia! Veneno letal! Cambaleei até meu advogado, que segurou meu braço e apanhou o recado. "Eu cuido disso", falou para a Moreia. "Este homem tem problemas de coração, mas eu trouxe muitos remédios. Meu nome é Doutor Gonzo. Prepare nossa suíte agora mesmo. Estaremos no bar."

Enquanto a mulher encolhia os ombros, ele me conduziu para longe da recepção. Numa cidade repleta de loucos de pedra, *ninguém percebe* quando alguém está louco de ácido. Atravessamos o saguão lotado com muito esforço e encontramos dois lugares vagos no bar. Meu advogado pediu duas cubas-libres acompanhadas de cerveja e mescal. Depois abriu o envelope. "Quem é Lacerda?", ele quis saber. "Ele está esperando a gente num quarto do 12º andar."

Eu não conseguia lembrar. Lacerda? O nome não me era estranho, mas eu não conseguia manter a concentração. Coisas terríveis aconteciam ao nosso redor. Ao meu lado, um réptil imenso mastigava o pescoço de uma mulher, o tapete tinha virado uma esponja encharcada de sangue – impossível pisar naquilo sem escorregar. "Peça sapatos de golfe", sussurrei ao meu advogado. "Senão nunca sairemos com vida deste lugar. Você notou que esses lagartos conseguem caminhar tranquilos por cima dessa gosma? É que as patas deles têm *garras*."

"Lagartos?", desdenhou meu advogado. "Se você acha que estamos em apuros, espera só até ver o que tá acontecendo nos elevadores." Quando tirou seus óculos escuros brasileiros, notei que tinha chorado. "Acabei de subir pra falar com esse tal de Lacerda", explicou. "Já informei que sabemos qual é a dele. Ele *diz* ser fotógrafo, mas quando mencionei Henry Selvagem... bem, foi o suficiente; o cara surtou. Deu pra ver nos olhos dele. O sujeito sabe que está na nossa mira."

"Ele já sabe que estamos armados?", perguntei.

"Não. Mas falei que temos uma Vincent Black Shadow. Ele se cagou de medo."

"Ótimo", falei. "Mas e o nosso quarto? E os sapatos de golfe? Estamos no meio de um zoológico de répteis, porra! E ainda estão dando *bebida* pra esses bichos malditos! Daqui a pouco vão fazer picadinho de nós dois. Jesus, olha pra esse chão! Já tinha visto *tanto* sangue? *Quantos* será que eles já mataram?" Apontei para um grupo no outro lado do bar, que parecia estar encarando a gente. "Puta merda, olha aqueles ali! Eles nos descobriram!"

"É a mesa da imprensa", informou meu advogado. "É onde precisamos buscar as credenciais. Vem, vamos resolver essa merda de uma vez. Você pega as credenciais, eu cuido do quarto."

4.

Música atroz e o barulho de muitas espingardas... Vibrações terríveis num sábado à noite em Vegas

Quase anoitecia quando finalmente entramos na suíte. Meu advogado pegou o telefone na mesma hora e ligou para o serviço de quarto – pediu quatro sanduíches de três andares, quatro coquetéis de camarão, um litro de rum e nove toranjas frescas. "Vitamina C", explicou. "A gente vai precisar de toda a vitamina C que conseguir."

Concordei com ele. Àquela altura, a bebida estava começando a cortar o efeito do ácido e minhas alucinações estavam num nível tolerável. O garçom do serviço de quarto tinha feições vagamente reptilianas, mas eu tinha parado de enxergar pterodáctilos imensos caminhando pelos corredores em meio a poças de sangue fresco. Só restava um problema – um gigantesco letreiro de neon bem na nossa janela, bloqueando a vista das montanhas. Milhões de esferas coloridas se acendiam numa sequência bastante complexa, formando símbolos & filigranas estranhos e zumbindo muito alto...

"Dá uma olhada ali fora", pedi ao meu advogado.

"Por quê?"

"Tem uma... máquina enorme no céu... tipo uma serpente elétrica... vindo direto pra cima da gente."

"Atira nela", sugeriu meu advogado.

"Ainda não", falei. "Quero estudar seus hábitos."

Meu advogado caminhou até a janela e começou a puxar uma corrente para fechar as cortinas. "Olha", avisou, "acho bom você parar com essa conversa de serpentes, sanguessugas, lagartos e coisa e tal. Tô ficando de saco cheio."

"Não se preocupe", respondi.

"*Me preocupar*? Jesus, eu quase fiquei maluco no bar. Nunca vão deixar que a gente volte pra lá depois da confusão que você armou na mesa da imprensa."

"Que confusão?"

"Seu filho da puta", rosnou. "Eu deixei você sozinho por *três minutos*! Você apavorou aquela gente, porra! Ficou sacudindo um arpão de madeira e berrando maluquices sobre répteis. Sorte sua que voltei a tempo. Estavam quase chamando a polícia. Inventei que aquilo era culpa da bebida e falei que ia levar você pra tomar uma ducha fria no quarto. Porra, eles só nos entregaram as credenciais porque queriam que você saísse dali."

Caminhava de um lado para o outro, nervoso. "Jesus, aquela confusão me deixou sóbrio na hora! *Preciso* de drogas. Que fim levou a mescalina?"

"Está na sacola."

Meu advogado abriu a sacola e engoliu duas bolinhas enquanto eu ligava o gravador. "Talvez seja melhor *você* comer só *uma*", sugeriu. "Aquele ácido ainda tá fazendo efeito."

Concordei. "Precisamos estar na pista antes que escureça", expliquei. "Mas temos tempo pra assistir ao noticiário. Vamos cortar esta toranja e fazer um ponche de rum, talvez misturar uma folha de ácido... cadê o carro?"

"Entregamos prum cara no estacionamento", respondeu. "O canhoto tá na minha mala."

"Qual é o número? Vou ligar e pedir que lavem o bicho. Quero ficar livre daquela poeira e da imundície toda."

"Boa ideia", ele concordou. Mas não conseguia achar o canhoto.

"Bem, estamos fodidos", suspirei. "Nunca vamos convencer esses caras a devolver o carro pra gente sem ter um comprovante."

Meu advogado refletiu por um instante, pegou o telefone e ligou para a garagem. "Aqui quem fala é o Doutor Gonzo, do quarto 850", anunciou. "Perdi o comprovante de estacionamento daquele conversível vermelho que deixei aí com vocês, mas quero meu carro lavado e prontinho em meia hora. Dá pra mandar uma segunda via?... Hein?... Ah, é?... Bem, ótimo." Desligou o telefone e apanhou o cachimbo de haxixe. "Tá tudo em ordem", informou. "O cara se lembra de mim."

"Maravilha", respondi. "Agora vão jogar uma rede em cima de nós assim que a gente pisar no estacionamento."

Meu advogado sacudiu a cabeça. "Como seu advogado, recomendo que não se preocupe *comigo*."

O noticiário da tevê falava da invasão do Laos. Uma série de desastres horripilantes: explosões, ruínas fumegantes, pessoas fugindo apavoradas, generais do Pentágono balbuciando mentiras descaradas. "Desliga essa merda!", ele gritou. "Vamos *cair fora* daqui!"

Sábia decisão. Logo depois que buscamos o carro, meu advogado apagou por causa das drogas e cruzou um sinal vermelho na Main Street antes que eu pudesse controlar o veículo. Consegui passá-lo para o banco do passageiro e assumi o volante... eu me sentia bem, totalmente alerta. Via pessoas conversando ao meu redor e queria escutar o que estavam dizendo. Todas elas. Mas o microfone especial estava no porta-malas, e resolvi deixá-lo por lá. Las Vegas não é o tipo de cidade em que você pode circular por uma via principal apontando um instrumento negro parecido com uma bazuca na direção dos outros.

Aumente o rádio. Aumente o gravador. Veja o pôr do sol. Abra as janelas para saborear o vento frio do deserto. Ah, sim. É isso aí. Controle total. Cruzando a rua principal num sábado à noite em Vegas, dois bons camaradas num conversível vermelho-sangue... chapados, detonados, alucinados... Gente Boa.

* * *

Meu Deus do céu! Que música terrível é essa?
"O Hino de Batalha do Tenente Calley":

"*... e marchamos em frente...*
Quando cheguei ao destino final, naquela terra além do sol,
e o Grande Comandante quis saber..."

(E o que ele quis saber, Rusty?)
"... *Você lutou ou você fugiu?*"
(e o que você disse, Rusty?)
"... *Respondemos ao fogo inimigo com todo nosso ardor...*"

Não! Eu *não podia* estar ouvindo aquilo! Devia ser a droga. Olhei de relance para o meu advogado, mas ele estava encarando o céu. Percebi que o cérebro dele tinha escapado para o destino final naquela terra além do sol. Graças a Jesus ele não está ouvindo essa música, pensei. Aquilo causaria um acesso de fúria racista.

Felizmente a música terminou. Mas meu humor já estava arruinado... e então o demoníaco suco de cacto assumiu o comando e detonou um pânico sub-humano dentro de mim quando chegamos ao desvio que levava ao Clube de Tiro Mint. Dois quilômetros, informava a placa. Mas mesmo a dois quilômetros de distância eu escutava os gritos lancinantes dos motores de dois tempos... e então, assim que chegamos mais perto, escutei outro barulho.

Espingardas! Aquele estrondo seco e oco era inconfundível.

Parei o carro. Que diabos estava acontecendo ali adiante? Fechei as janelas do carro e avancei com cuidado pela estrada de cascalho baixando a cabeça até quase encostá-la no volante... e de repente enxerguei um punhado de vultos apontando espingardas para o ar, disparando em intervalos regulares.

Ali estavam eles, sobre uma laje de concreto no meio de um deserto cheio de arbustos espinhosos – um pequeno oásis ressecado no meio do nada, ao norte de Vegas... reunidos com suas espingardas a pouco mais de cinquenta metros de uma construção de blocos de concreto, cercada por dez ou doze árvores e rodeada por carros de polícia, trailers e motocicletas.

É claro! *Clube de Tiro* Mint! Esses dementes nunca permitiriam que alguma coisa interferisse em seus treinos. Havia ali uns cem motociclistas, mecânicos e todo tipo de automobilistas reunidos nos boxes para se inscrever na corrida do dia seguinte, bebendo cerveja tranquilamente e avaliando as máquinas concorrentes – e bem no meio de tudo aquilo estava o pessoal das

Ralph STEADman

espingardas, sem tomar conhecimento de nada além dos pombos de argila que eram lançados no ar a cada cinco segundos.

Ora, e por que não?, pensei. Aqueles disparos proporcionavam uma certa cadência – uma espécie de ritmo grave e constante para o caos agudo dos motociclistas. Estacionei o carro e me misturei à multidão, sem interromper o coma do meu advogado.

Comprei uma cerveja e fiquei conferindo as motos que iam chegando. Muitas Husquavarnas 405, meteoros suecos envenenados... e também Yamahas, Kawasakis, algumas Triumphs 500, Maicos, aqui & ali uma CZ, uma Pursang... motocicletas muito velozes e superleves, perfeitas para off-road. Não havia nenhuma moto estradeira por ali, nem mesmo uma Sportster... seria como participar de uma corrida de buggies nas dunas com nosso Grande Tubarão Vermelho.

Talvez eu *devesse* fazer isso, pensei. Inscrever meu advogado como piloto e mandar o infeliz para a largada com a cabeça cheia de éter e ácido. Como será que eles lidariam com isso? Ninguém ousaria entrar na pista na companhia de alguém tão alucinado. Ele capotaria na primeira curva, levando junto uns quatro ou cinco buggies – uma jornada camicase.

"Quanto é a inscrição?", perguntei ao responsável.

"Dois e cinquenta", ele respondeu.

"E se eu disser que tenho uma Vincent Black Shadow?" Ele me encarou sem dizer nada, fazendo cara de poucos amigos. Notei que tinha um 38 na cintura. "Esquece", falei. "Meu piloto está doente mesmo."

Ele apertou os olhos. "Seu piloto não é o único doente por aqui, camarada."

"Ele está com uma espinha na garganta", falei.

"Como?"

O sujeito estava se enfurecendo, mas desviou os olhos de repente. Olhava para alguma outra coisa...

Meu advogado, sem os óculos escuros dinamarqueses, sem a camisa de Acapulco... um sujeito de aparência totalmente transtornada, seminu e ofegante.

"Qual é o problema?", gritou. "Este homem é meu cliente. Tá preparado pra ir ao tribunal?"

Segurei meu advogado pelo ombro e o tirei dali sem fazer alarde. "Tudo bem", falei. "É a Black Shadow... eles não aceitam."

"*Espera* aí!", berrou. "Como *assim*, não *aceitam*? Você fez um *acordo* com esses porcos?"

"Claro que não", desconversei, empurrando meu advogado portão afora. "Mas todos eles estão armados, percebeu? Somos as únicas pessoas sem armas por aqui. Não está ouvindo os *tiros*?"

Meu advogado fez uma pausa, atento ao barulho. De repente, saiu correndo na direção do carro. "Seus filhos da puta!", berrou, olhando para trás. "Nós voltaremos!"

Só conseguiu voltar a falar quando o Tubarão voltou à rodovia. "Jesus Cristo! Como fomos parar no meio daquele bando de psicóticos? Vamos cair fora desta cidade de merda. Aqueles vagabundos tentaram *matar* a gente!"

5.

Cobrindo a matéria... Um gostinho da imprensa em ação ...horror & fracasso

Quando amanheceu, os pilotos estavam prontos. Um belo nascer do sol no deserto. Muito tenso. Mas, como a corrida só começaria às nove, tivemos que passar três longas horas no cassino montado perto dos boxes. Foi aí que os problemas começaram.

O bar abria às sete. Havia também um "cantinho de café & roskinhas", mas todos os que tinham passado a noite em lugares como o Circus-Circus não estavam muito a fim de café & rosquinhas. Como éramos uns duzentos sujeitos de péssimo humor, o bar abriu mais cedo. Às oito e meia já havia multidões ao redor das mesas de jogo. O lugar foi tomado por todo tipo de barulho e gritaria de bêbados.

Um magricela de meia-idade, vestido com uma camiseta da Harley-Davidson, entrou gritando no bar: "Diacho! Que dia é hoje... sábado?".

"Tá mais pra domingo", alguém respondeu.

"Ha! Que *merda*, hein?", gritou o sujeito da Harley-Davidson para ninguém em especial. "Ontem à noite eu tava em casa, lá em Long Beach. Aí alguém falou que ia correr na Mint 400 e eu disse pra minha patroa: 'Quer saber? Eu também vou'." Deu risada. "Aí ela ficou me enchendo o saco, vocês sabem como é... dei uns tapas nela e de repente dois caras que eu nem vi de onde saíram me jogaram na calçada e me encheram de porrada. Puta merda! Desceram o sarrafo."

Riu de novo, falando para o grupo inteiro sem se importar se alguém estava prestando atenção. "É isso aí, porra!", continuou. "Aí um deles quis saber: 'Pra onde você vai?'. E eu respondi: 'Las Vegas, pra Mint 400'. Aí eles me deram dez paus e uma carona até a rodoviária..." Fez uma pausa. "Pelo menos eu *acho* que foram eles..."

"Bem, enfim, aqui estou eu. E vou te contar, *caralho*, que noite longa! Passei sete horas naquele ônibus, porra! Mas aí quando acordei já era de manhã. Eu tava ali, no centro de Vegas, e por um instante não fazia ideia de que porra eu tava *fazendo* na cidade. Eu só pensava assim, 'Ai Jesus, vai começar tudo de novo: Quem será que se divorciou de mim dessa vez?'."

O sujeito aceitou um cigarro de alguém na multidão e acendeu, sem parar de rir. "Mas aí lembrei, puta merda! Eu tava em Vegas pra Mint 400... e, cara, isso era tudo que eu precisava saber. Vou te contar, é sensacional estar aqui. Não tô nem aí pra quem vai perder ou ganhar, cara. É sensacional estar aqui com vocês..."

Ninguém discutiu com ele. Todos entenderam. Em certos círculos, a Mint 400 é uma coisa muito, muito superior ao Super Bowl, ao Kentucky Derby e à final do Lower Oakland Roller Derby *somados*. Essa corrida atrai criaturas muito especiais, e nosso amigo com a camiseta da Harley era nitidamente uma delas.

O correspondente da *Life* sacudiu a cabeça, compadecido, e gritou para o barman: "Servumadózz duquieliquiser!".

"E rápido", gritei. "Que tal cinco?" Dei um tapa no balcão com a mão aberta. "É isso aí, porra! Traz logo umas dez!"

"Eu pago!", gritou o cara da *Life*. Suas mãos foram se soltando do balcão, fazendo com que ele caísse de joelhos bem lentamente, mas ainda falava com autoridade indiscutível. "Este é um momento mágico do esporte! Pode nunca mais se repetir!" Então sua voz pareceu falhar. "Já escrevi sobre a Triple Crown", murmurou. "Mas não chega nem perto disso aqui."

Uma mulher com olhos de rã puxava com força o cinto dele. "Levanta!", implorava. "Levanta, *por favor*. Você seria um homem tão bonito se *ficasse em pé*!"

Ele riu, parecendo estar longe dali. "Olha, madame", cortou. "Já sou bonito até demais aqui de baixo. Chega a ser insuportável. Se eu levantasse, você ficaria *doidinha*!"

Mas a mulher insistia. Estava pendurada nele havia duas horas e agora enfim tomava a iniciativa. O cara da *Life* não queria nem saber; se agachou ainda mais.

Desviei o olhar. Aquilo era horrível demais. Afinal de contas, éramos a nata da imprensa esportiva do país. E estávamos reunidos em Las Vegas para uma tarefa muito especial: cobrir a quarta edição anual da Mint 400... e com esse tipo de coisa não se brinca.

Mas naquele momento – antes mesmo de o espetáculo começar – havia sinais de que talvez estivéssemos perdendo o controle da situação. Ali estávamos nós, naquela bela manhã de Nevada, em meio à aurora radiante e fresca do deserto... empilhados num bar imundo dentro de um cassino feito de blocos de concreto & batizado "Clube de Tiro Mint", a uns quinze quilômetros de Vegas. A corrida estava quase começando, mas nossa desorganização era completa.

Do lado de fora, os malucos preparavam as motocicletas. Reforçavam os faróis dianteiros, conferiam o óleo, faziam ajustes de última hora (parafusos do carburador, vários tipos de porcas etc.)... até que as primeiras dez motos arrancaram. Era muito emocionante, e saímos todos para assistir. Após a bandeirada, os dez sujeitos soltaram as embreagens e dispararam até a primeira curva, todos juntos, até que alguém tomou a liderança (uma Husquavarna 405, pelo que me lembro). Ao som de gritos entusiasmados, o piloto acelerou e sumiu em meio a uma nuvem de poeira.

"Bom, é isso aí", alguém falou. "Daqui a mais ou menos uma hora eles voltam. Agora vamos voltar pro bar."

Não. Ainda não. Umas 190 motocicletas ainda esperavam a largada. Saíam de dez em dez, a cada dois minutos. De início era possível enxergar cada uma delas a uma distância de duzentos metros da linha de partida. Mas essa visibilidade não durou muito. As dez motos da terceira bateria sumiram na poeira a uns cem metros de onde estávamos... e depois que as primeiras cem tinham largado (ainda faltavam *outras* cem) nossa visibilidade estava reduzida a uns quinze metros. Na melhor das hipóteses, conseguíamos enxergar os fardos de feno na saída dos boxes...

A partir desse ponto, a incrível nuvem de poeira que pairaria naquela parte do deserto pelos dois dias seguintes já havia se tornado quase sólida. Naquele momento nenhum de nós imaginava que aquilo seria a última coisa que veríamos da "Fabulosa Mint 400"...

Ao meio-dia já era difícil enxergar os boxes a partir do bar/cassino, distante trinta metros debaixo de um sol escaldante. Sob qualquer ponto de vista convencional, a ideia de "cobrir a corrida" era absurda: seria como tentar acompanhar uma prova de natação numa piscina olímpica cheia de talco no lugar de água. Conforme prometido, a Ford trouxera uma caminhonete Bronco com motorista "para uso da imprensa", mas após algumas voltas ensandecidas pelo deserto – procurando por motocicletas sem

grande sucesso – deixei os fotógrafos tomarem conta do veículo e voltei ao bar.

Senti que havia chegado o momento de fazer uma Reavaliação Dolorosa de toda aquela situação. Sem dúvida a corrida estava acontecendo. Eu havia testemunhado a largada; disso tinha certeza. Mas e agora, o que eu podia fazer? Alugar um helicóptero? Entrar de novo naquela caminhonete? Zanzar pelo maldito deserto *assistindo* àqueles idiotas passando a mil pelos pontos de controle, um a cada treze minutos...?

Às dez horas os competidores já estavam espalhados por todo o percurso. Não era mais uma "corrida"; era um Enduro. Só se via alguma ação na linha de largada/chegada, onde a cada poucos minutos algum infeliz chegava a mil acompanhado por nuvens de poeira e saía cambaleando da moto. O pessoal dos boxes reabastecia a motocicleta e a devolvia à pista com um novo piloto... outra volta de oitenta quilômetros, mais uma hora cruel de loucura moedora de rins naquele terrível limbo de poeira ofuscante.

Lá pelas onze dei outra volta na caminhonete da imprensa, mas tudo que encontramos foram dois buggies cheios de sujeitos que pareciam suboficiais da reserva da Marinha vindos de San Diego. Jogaram areia em cima de nós e exigiram informações: "Cadê essa maldita corrida?".

"Sei lá", respondi. "Somos apenas americanos decentes e patriotas, assim como vocês." Os dois buggies estavam cobertos de emblemas macabros: águias carregando bandeiras nacionais nas garras, uma cobra com os olhos semicerrados sendo retalhada por uma serra elétrica com as cores dos Estados Unidos. Um dos veículos parecia ter uma metralhadora montada no banco do passageiro.

Só estavam se divertindo – passeando pelo deserto a toda velocidade, abordando todo mundo que encontravam. "Com *quem* vocês estão?", um deles perguntou aos berros. Os motores estavam ligados; mal conseguíamos nos comunicar.

"Com a imprensa esportiva", gritei. "Estamos do seu lado – somos trouxas de aluguel."

Sorrisos discretos.

"Se querem uma boa perseguição", continuei, "deveriam ir atrás daquele escroto da CBS News, que está num jipe preto, um pouco mais adiante. É o responsável pelo documentário *A venda do Pentágono*".

"Pela madrugada!", dois deles gritaram ao mesmo tempo. "Como é mesmo? Um jipe preto?"

Arrancaram, e nós fizemos o mesmo, sacolejando por rochas & arbustos/cactos. A cerveja que estava na minha mão saiu voando, bateu no teto da caminhonete e caiu no meu colo, encharcando minhas calças com espuma quente.

"Você está demitido", informei ao motorista. "Quero voltar pros boxes."

Senti que estava na hora de colocar os pés no chão – refletir sobre aquela pauta infeliz e encontrar um jeito de lidar com ela. Lacerda insistia em Cobertura Total. Queria voltar para o meio da tempestade de areia e ficar experimentando combinações esdrúxulas de filmes e lentes até conseguir fotografar alguma coisa.

"Joe", nosso motorista, era a favor dessa ideia. Seu nome verdadeiro não era "Joe", mas fomos instruídos a chamá-lo assim. Na noite anterior eu tinha conversado com o chefão da Ford, e quando ele citou nosso motorista disse o seguinte: "O nome verdadeiro é Steve, mas chamem ele de Joe".

"E por que não?", falei. "Chamo do que ele quiser. Que tal 'Zoom'?"

"Não dá", recusou o cara da Ford. "Tem que ser 'Joe'."

Lacerda concordou. Era quase meio-dia quando ele voltou ao deserto com nosso motorista, Joe. Voltei ao bar/cassino de blocos de concreto que na verdade era o Clube de Tiro Mint – onde eu pretendia encher a cara de bebida, encher a cabeça de ideias e encher meu caderno com muitas anotações...

6.

Uma noite na cidade... Confronto no Desert Inn... Frenesi drogado no Circus-Circus

Meia-noite de sábado... As lembranças dessa noite são extremamente confusas. Tudo que tenho para me orientar é um bolso cheio de cartões e guardanapos cobertos de anotações. Uma delas: "Falar com o cara da Ford, exigir uma Bronco para fins de observação da corrida... fotos?... Lacerda/telefonar... e por que não um helicóptero?... Pegar o telefone, *pressionar* os filhos da puta... gritaria insana".

Outra: "Placa na Paradise Boulevard – 'Sem Parar & Sem Sutiã'... comparado com Los Angeles, sexo de segunda linha; aqui, *branquelos* – em Los Angeles, gente pelada trepando em público... Las Vegas é uma sociedade de masturbadores armados/aqui o que excita é o jogo/o sexo é só um bônus/uma demência adicional para os grandes apostadores... putas de luxo para os ganhadores, punhetinhas para o pessoal sem sorte".

Há muito tempo, quando morava em Big Sur, na mesma rua que Lionel Olay, eu tinha um amigo que gostava de ir a Reno para jogar dados. Tinha uma loja de material esportivo em Carmel. Certo mês ele foi a Reno com seu Mercedes em três finais de semana seguidos – ganhando muito dinheiro em cada viagem. Somando as três, tinha acumulado uns quinze mil dólares. Decidiu que não iria pela quarta vez. Em vez disso, levou uns amigos para jantar no Nepenthe. "É sempre bom parar quando está ganhando", explicou. "E além disso a viagem é bem longa."

Na manhã de segunda-feira ele recebeu um telefonema de Reno – era o gerente do cassino onde ele tinha jogado. "Sentimos sua falta neste fim de semana", comunicou o gerente. "Os perdedores ficaram entediados."

"Que pena", respondeu meu amigo.

No final de semana seguinte ele foi a Reno num jatinho particular, levando um amigo e duas garotas – todos "convidados especiais" da gerência. Tudo do bom e do melhor para os grandes apostadores...

E, na manhã de segunda, o mesmo avião – o jatinho do cassino – levou meu amigo de volta ao aeroporto de Monterey. O piloto lhe emprestou uma moeda de dez centavos para que ele telefonasse a um amigo e pedisse uma carona até Carmel. Estava devendo trinta mil dólares. Dois meses mais tarde, estava nas garras dos cobradores mais implacáveis do planeta.

Acabou vendendo a loja, mas não foi suficiente. Eles podiam esperar pelo resto da grana, argumentou – mas então levou uma surra e se convenceu de que talvez fosse melhor pegar dinheiro emprestado para saldar a dívida de uma vez.

Jogo é um negócio muito barra-pesada – e Las Vegas faz Reno parecer tão inofensiva quanto uma quitandinha de esquina. Para um perdedor, Vegas é a cidade mais cruel do planeta. Até o ano passado, uma placa enorme na entrada de Las Vegas anunciava:

NÃO APOSTE NA MACONHA!
EM NEVADA: POSSE – 20 ANOS
VENDA – PRISÃO PERPÉTUA!

Acho que isso explica por que eu não estava inteiramente tranquilo ao passear pelos cassinos naquela noite de sábado com um carro cheio de maconha e uma cabeça cheia de ácido. Muitas vezes escapamos por pouco: cheguei a tentar invadir a lavanderia do hotel Landmark com o Grande Tubarão Vermelho – mas a porta era estreita demais e o pessoal que estava lá dentro parecia bem exaltado.

Fomos até o Desert Inn para ver o show de Debbie Reynolds/Harry James. "Quanto a você eu não sei", disse ao meu advogado, "mas no meu ramo é importante estar por dentro das novidades."

"No meu também", ele respondeu. "Mas, como seu advogado, recomendo que leve este carro até o Tropicana para ver o Guy Lombardo. Ele está se apresentando no Blue Room com seus Royal Canadians."

"Por quê?", eu quis saber.

"Por que o *quê*?"

"Por que eu deveria gastar meu dinheiro suado pra ir ver um cadáver, porra?"

"Olha", ele disse. "Por que a gente tá aqui? Pra se divertir ou pra *fazer nosso trabalho*?"

"Pra trabalhar, claro", respondi. Estávamos dirigindo em círculos no estacionamento de um lugar que me parecia o Dunes, mas na verdade era o Thunderbird... ou talvez o Hacienda...

Meu advogado folheava o *Vegas Visitor* atrás de dicas. "Que tal os 'Caça-níqueis do Nick Nickel'?", sugeriu. "'Buraco Quente', esse parece bom... Tem cachorros-quentes de 29 centavos..."

De repente começaram a gritar conosco. Estávamos em apuros. Dois brutamontes usando casacos militares vermelhos com detalhes em dourado meteram a cabeça dentro do carro. "Mas que diabos vocês estão fazendo?", um deles gritou. "Não podem estacionar *aqui*!"

"E por que não?", eu quis saber. Parecia um lugar razoável para estacionar – havia bastante espaço. Eu estava procurando uma vaga fazia muito tempo. Tempo demais. Estava prestes a abandonar o carro e chamar um táxi... mas então, sim!, encontramos *aquela vaga*.

Que na verdade era a calçada em frente à entrada principal do Desert Inn. Eu já tinha subido em tantos meios-fios naquela noite que nem tinha percebido aquele. Mas estávamos numa situação bem difícil de explicar... bloqueando a entrada, brutamontes gritando conosco, uma confusão danada...

Meu advogado pulou para fora do carro, sacudindo uma nota de cinco dólares. "Estacionem este carro! Sou um velho amigo da Debbie. Já aprontamos *poucas e boas* juntos."

Por um instante achei que ele tinha estragado tudo... até que um dos porteiros pegou o dinheiro e disse: "Certo, certo. Eu cuidarei disso, senhor". E entregou um comprovante de estacionamento.

"Puta merda!", exclamei enquanto cruzávamos o saguão às pressas. "Quase pegaram a gente. Você pensou bem rápido."

"E o que você esperava? Eu sou seu *advogado*", ele respondeu. "...e você me deve cinco dólares. Quero ser reembolsado agora mesmo."

Dei de ombros e lhe estendi o dinheiro. O saguão do Desert Inn, com seu espalhafatoso carpete sintético, não parecia um local adequado para discutir sobre trocados/suborno. Estávamos no território de Bob Hope. Frank Sinatra. Spiro Agnew. O saguão cheirava à fórmica de primeira qualidade e a palmeiras de plástico – era sem dúvida um refúgio de alta classe para Esbanjadores.

Chegamos ao nosso destino cheios de autoconfiança, mas não nos deixaram entrar no salão. Estávamos atrasados, disse um cara vestido com um smoking cor de vinho; o lugar já estava lotado – não havia mais lugares, nem mesmo *se pagássemos.*

"Tá cheio, é? Grande merda", disse meu advogado. "Nós dois somos velhos amigos da Debbie. Viemos lá de Los Angeles pra ver o show, porra. Ninguém vai barrar a gente."

O cara de smoking começou uma lenga-lenga a respeito de "leis de incêndio", mas meu advogado se recusou a escutar. Depois de um pouco de gritaria, ele nos deixou entrar de graça – desde que ficássemos quietinhos no fundo e não fumássemos.

Prometemos cumprir essas condições, mas assim que entramos perdemos o controle. Tínhamos passado por momentos de tensão muito fortes. Debbie Reynolds saracoteava pelo palco usando uma peruca afro prateada... ao som de "Sergeant Pepper" sendo tocada pelo trompete mágico de Harry James.

"Puta que caralho!", berrou meu advogado. "Caímos numa máquina do tempo!"

Mãos pesadas agarraram nossos ombros. Enfiei rapidinho o cachimbo de haxixe no bolso. Fomos arrastados pelo saguão e vigiados por brutamontes na porta de entrada até que trouxessem nosso carro. "Agora caiam fora", ordenou o cara do smoking cor de vinho. "Estamos lhes dando uma chance. Se Debbie tem amigos como vocês, a situação dela é mais feia do que eu imaginava."

"Vocês não perdem por esperar!", gritou meu advogado enquanto nos afastávamos. "Seus paranoicos escrotos!"

De lá, fomos até o cassino Circus-Circus. Estacionei perto da porta dos fundos. "É aqui mesmo", anunciei. "Aqui ninguém vai se meter com a gente."

"Cadê o éter?", meu advogado quis saber. "Essa mescalina não tá batendo."

Estendi a chave do porta-malas enquanto acendia o cachimbo de haxixe. Ele voltou com a garrafa de éter, tirou a tampa e derramou um pouco num lenço de papel. Enfiou aquilo no nariz e respirou fundo. Encharquei outro lenço de papel e fiz a mesma coisa. O cheiro era avassalador, mesmo com a capota arriada. Logo estávamos subindo as escadas que levavam à entrada, cambaleando, rindo como imbecis e puxando um ao outro. Parecíamos dois bêbados.

Essa é a principal vantagem do éter: você se comporta como o bêbado da aldeia num velho romance irlandês... perde todas as funções motoras básicas: a visão embaça, o equilíbrio some, a língua fica dormente – todas as conexões entre corpo e cérebro são interrompidas. É interessante, porque o cérebro continua a funcionar quase normalmente... você consegue até *assistir a si mesmo* se comportando daquele jeito tenebroso, mas não tem como se controlar.

Você se aproxima das catracas na entrada do Circus-Circus e sabe que, ao chegar lá, precisa dar dois dólares ao sujeito ou ele não permitirá sua entrada... mas, quando chega, tudo dá errado: você calcula mal a distância e esbarra em tudo, voa para trás e se agarra numa velhinha para tentar não cair. Você leva um empurrão de um rotariano indignado e começa a pensar: O que tá acontecendo aqui? O que tá havendo? Aí escuta sua própria voz resmungando: "Não tenho culpa se uns cachorros comeram o cu do papa. Cuidado!... Dinheiro? Pra quê? Meu nome é Brinks; eu nasci... nasci? Abram caminho pras ovelhas... mulheres e crianças pro carro blindado... ordens do capitão Zeep".

Ah, o demoníaco éter – uma droga totalmente física. Horrorizada, a mente se retrai, incapaz de se comunicar com a coluna vertebral. As mãos se sacodem descontroladas, incapazes de tirar o dinheiro do bolso... gargalhadas desconexas e chiados escapam da boca... sorrisos eternos.

Éter é a droga perfeita para Las Vegas. Todos adoram bêbados nesta cidade. São carne fresca. Graças a isso, eles nos ajudam a passar pelas catracas e nos deixam à solta lá dentro.

Se os nazistas tivessem vencido a guerra, todos os moderninhos passariam as noites de sábado no Circus-Circus. É o Sexto Reich. Como nos outros cassinos, o térreo é cheio de mesas de jogo... mas o lugar tem uns quatro andares, no estilo de uma tenda circense. Todo tipo de loucuras e esquisitices típicas de parques de diversões de interior acontecem por lá. Sobre as mesas de jogo, os Quarenta Irmãos Carazito Voadores apresentam seu número de trapézio e corda bamba, acompanhados por quatro Carcajus com focinheiras e pelas Seis Irmãs Ninfetas de San Diego... você está ali, arriscando cada vez mais grana no vinte e um, e quando resolve olhar para cima dá de cara com uma garota de catorze anos, seminua, sendo perseguida em pleno ar por um carcaju furioso que de repente se vê no meio de uma batalha mortal contra dois polacos cobertos de tinta prateada que surgem voando de plataformas opostas... os polacos se juntam bem no pescoço do carcaju e não largam o bicho nem mesmo enquanto desabam na direção das mesas de dados – mas ricocheteiam na rede de segurança. Todos se desenroscam e quicam rumo ao teto em três direções diferentes. Quando estão prestes a cair mais uma vez, são resgatados no ar por três Gatinhas Coreanas e levados de trapézio até uma das plataformas.

Essa demência é algo constante, mas ninguém parece notar. São 24 horas de jogo por dia no térreo, e o circo nunca para. Enquanto isso, nas plataformas superiores, os clientes são atraídos por todo tipo imaginável de bizarrice. Barraquinhas com inúmeras atrações. Use a espingarda para desgrudar os adesivos dos mamilos de uma mulher-macho de três metros e ganhe uma cabra feita de algodão-doce. Basta parar na frente desta máquina fantástica, meu amigo, e por apenas 99 centavos sua imagem vai aparecer num telão de sessenta metros de altura bem no centro de Las Vegas. Pagando mais 99 centavos, você pode incluir uma mensagem gravada. "Diga o que quiser, companheiro. Todo mundo vai escutar, nem se preocupe. Você vai estar com sessenta metros de altura, lembra?"

Jesus Cristo. Eu me via deitado na cama do hotel Mint, ainda meio sonolento, olhando pela janela e enxergando de repente um bêbado nazista com sessenta metros em pleno céu da meia-noite, gritando coisas sem nenhum sentido para o mundo inteiro ouvir: "Woodstock Über Alles!".

Nesta noite vamos manter as cortinas fechadas. Uma coisa dessas pode fazer uma pessoa sob efeito de drogas sair quicando pelo quarto como uma bola de pingue-pongue. Como se as alucinações já não fossem o suficiente. Depois de algum tempo você aprende a lidar com as mais variadas situações. Por exemplo, enxergar sua falecida avó subindo pela sua perna com uma faca entre os dentes. A maioria dos usuários de ácido parece ser capaz de aguentar esse tipo de coisa.

Mas com essa outra viagem *ninguém* consegue lidar – um maluco pode entrar no Circus-Circus a qualquer hora, pagar 1 dólar e 98 e surgir de repente nos céus do centro de Las Vegas, doze vezes maior que Deus, urrando qualquer coisa que lhe vier à cabeça. Não, esta não é uma boa cidade para usar drogas psicodélicas. A própria realidade já é distorcida demais.

Quando é boa, a mescalina faz efeito aos poucos. Na primeira hora você só fica esperando. Na metade da segunda hora, começa a amaldiçoar o desgraçado que passou você pra trás, porque nada está acontecendo... e aí ZAM! Intensidade devastadora, brilhos e vibrações estranhas... uma viagem muito barra-pesada para um lugar como o Circus-Circus.

"Odeio admitir isso", suspirou meu advogado quando sentamos no bar-carrossel, no segundo andar. "Mas esse lugar tá *me* fazendo mal. Acho que tô sentindo o Medo."

"Bobagem", desconversei. "Viemos até aqui em busca do Sonho Americano e você quer pular fora quando estamos em seu vórtice?" Agarrei seu bíceps e espremi. "Você precisa *entender*", expliquei, "que encontramos o centro nervoso."

"Eu sei", ele respondeu. "É por isso que tô sentindo o Medo."

O efeito do éter estava passando e não havia mais nem sinal do ácido, mas a mescalina seguia a todo vapor. Estávamos sentados a uma mesinha redonda de fórmica dourada, girando ao redor do barman.

"Olha aquilo", apontei. "Duas mulheres trepando com um urso polar."

"Por favor", implorou meu advogado. "Não me *fala* essas coisas. Não agora." Pediu mais duas doses de Wild Turkey para a garçonete. "É meu último drinque", avisou. "Quanto dinheiro você pode me emprestar?"

"Não muito", respondi. "Por quê?"

"Preciso ir embora", explicou.

"Embora?"

"Sim. Sair do país. Esta noite."

"Calma", falei. "Você vai estar bem daqui a algumas horas."

"Não", ele insistiu. "Tô falando sério."

"George Metesky também estava. E olha o que fizeram com ele."

"Não fode!", berrou. "Se eu ficar mais uma hora nessa cidade vou sair matando todo mundo!"

Era óbvio – ele estava no limite. Tinha alcançado a intensidade assustadora que só o ápice de uma viagem de mescalina é capaz de proporcionar. "Certo", concordei. "Eu empresto algum dinheiro pra você. Vamos sair e ver quanto sobrou."

"Será que a gente consegue?", ele quis saber.

"Bem... depende de quantas pessoas a gente sacanear entre a mesa e a porta. Quer sair discretamente?"

"Quero sair *rápido*", implorou.

"Certo. Vamos pagar a conta e levantar *bem* devagar. Nós dois estamos alucinados. Vai ser uma longa caminhada." Gritei para a garçonete, pedindo a conta. Ela se aproximou com um ar entediado. Meu advogado ficou em pé.

"Você é *paga* pra foder com aquele urso?", perguntou à garçonete.

"Hein?"

"É brincadeira", falei, me metendo no meio dos dois. "Vamos lá, Doutor... vamos jogar um pouco lá embaixo." Consegui levá-lo até a beira do carrossel, mas ele se negou a sair até que o negócio parasse de girar.

"Não vai parar", falei. "*Nunca* vai parar." Saí do carrossel e me virei, mas meu advogado não se mexeu... antes que eu pudesse estender o braço e puxá-lo, o carrossel seguiu girando. "Não se mexa!", gritei. "Você vai voltar!" Seus olhos encaravam um ponto muito ao longe, apertados de medo e confusão. Mas ele não moveu um músculo sequer antes de completar a volta inteira.

Esperei até que ele ficasse quase na minha frente e estendi o braço para puxá-lo – mas ele saltou para trás e deu outra volta. Fiquei bem nervoso. Quase perdi o controle. O barman parecia estar de olho em nós dois.

Penitenciária de Carson City, pensei. Vinte anos.

Voltei ao carrossel e dei a volta pelo bar, chegando perto do meu advogado por onde ele não esperava – e quando chegamos no ponto correto eu o empurrei para fora. Ele cambaleou e deu um grito infernal ao perder o equilíbrio e se estatelar em cima da multidão... rolou como um pedaço de lenha até se levantar num salto, com os punhos cerrados, procurando alguém para bater.

Cheguei perto dele com as mãos para cima, tentando sorrir. "Você caiu", falei. "Vamos embora."

Todo mundo estava nos olhando a essa altura, mas o idiota não se mexia. E eu sabia muito bem o que iria acontecer se eu tentasse agarrá-lo à força. "Certo. Fica aqui e vai pra cadeia sozinho. Estou indo embora." Comecei a andar bem rápido na direção das escadas, ignorando meu advogado.

Isso fez com que ele se mexesse.

"Você viu?", ele disse assim que me alcançou. "Algum filho da puta deu um pontapé nas minhas costas!"

"Deve ter sido o barman", comentei. "Ele queria o seu sangue por causa do que você falou pra garçonete."

"Santo *Deus*! Vamos cair fora daqui. Cadê o elevador?"

"Não chega nem *perto* do elevador", alertei. "É exatamente isso que eles querem... nos prender numa caixa de aço e levar a gente até o porão." Olhei para trás, mas ninguém estava nos seguindo.

"Não corre", pedi. "Eles adorariam ter uma desculpa para atirar em nós." Meu advogado mexeu a cabeça, parecendo entender. Caminhamos apressados pelo corredor central, entre barracas de tiro ao alvo, tatuadores, cambistas e vendedores de algodão-doce – depois cruzamos uma série de portas envidraçadas e seguimos pelo gramado até o estacionamento, onde o Tubarão Vermelho estava à nossa espera.

"Você dirige", pediu meu advogado. "Acho que tem alguma coisa errada comigo."

7.

Terror paranoide... e o terrível espectro da sodomia... Visões de facas e água verde

Quando chegamos ao Mint, deixei o carro na rua, em frente ao cassino, virando a esquina depois do estacionamento. Não podíamos correr o risco de provocar alguma situação constrangedora no saguão, pensei. Nenhum de nós conseguiria se passar por bêbado. Ambos estávamos muito tensos. Vibrações ameaçadoras nos cercavam. Cruzamos o cassino às pressas e subimos pela escada rolante dos fundos.

Chegamos ao quarto sem topar com ninguém – mas a chave não abria a porta. Meu advogado se desesperou. "Esses desgraçados trocaram a fechadura", gemeu. "Devem ter revistado o quarto. Jesus, é o nosso fim."

De repente a porta se abriu. Hesitamos um pouco, mas logo corremos para dentro. Nenhum sinal de confusão. "Feche tudo", pediu meu advogado. "Use todas as trancas." Estava encarando as duas chaves do hotel Mint em sua mão. "De onde saiu *essa* aqui?", perguntou, mostrando uma chave com o número 1.221.

"É o quarto do Lacerda", informei.

Ele sorriu. "Ah, é mesmo. Achei que podíamos precisar dela."

"Pra quê?"

"Vamos subir até lá e usar a mangueira de incêndio pra arrancar o infeliz da cama", propôs.

"Não", respondi. "Vamos deixar o coitado em paz. Acho que ele tem algum motivo pra andar evitando a gente."

"Não se faça de bobo", ele insistiu. "Esse português filho da puta é *perigoso*. Tá vigiando a gente, que nem um falcão." Estreitou os olhos. "Você fez algum trato com ele?"

"Conversei com ele pelo telefone", contei, "quando você saiu pra lavar o carro. Ele disse que ia dormir cedo pra estar na linha de partida no raiar do sol".

Meu advogado não estava prestando atenção. Soltou um grito angustiado e esmurrou a parede com as duas mãos. "Aquele escroto!", berrou. "Eu *sabia*! Ele tá com a minha mulher!"

Dei risada. "Aquela groupie loirinha com a equipe de filmagem? Você acha que ela foi enrabada pelo Lacerda?"

"Isso... *ria* de mim!", ele gritou. "Vocês branquelos são todos iguais." Abriu outra garrafa de tequila, que começou a beber como se fosse água. Então pegou uma toranja e cortou a fruta ao meio com uma minimagnum da Gerber – uma faca de caça de aço inoxidável, com uma lâmina afiada como uma navalha.

"De onde saiu essa faca?", perguntei.

"Serviço de quarto", meu advogado respondeu. "Eu queria alguma coisa pra cortar as limas."

"Que limas?"

"Ah, eles não tinham", explicou. "Limeiras não crescem no deserto." Cortou a toranja em quatro partes... oito... dezesseis... e então começou a picar os pedacinhos até não sobrar mais nada. "Aquele sapo desgraçado", resmungou. "Eu *sabia* que precisava ter acabado com ele quando tive a chance. Agora ele tá com *ela*."

Eu lembrava dessa garota. Nós tivemos um problema com ela no elevador algumas horas mais cedo: meu advogado fez papel de idiota.

"Você deve ser piloto", ela disse. "Qual sua categoria?"

"Categoria?", meu advogado se apressou em responder. "Mas que porra é essa?"

"Sua *moto*?", ela perguntou, abrindo um sorriso. "Estamos filmando a corrida para uma série de televisão... talvez possamos usar você."

"Me *usar*?"

Maria Santíssima, pensei. Lá vem. O elevador estava lotado de pessoas envolvidas com a corrida: demorava um bom tempo para ir de um andar a outro. Quando paramos no terceiro, meu advogado tremia sem parar. E ainda faltavam cinco...

"Minha moto é uma das *grandonas*!", ele berrou de repente. "Uma das *gigantescas*, caralho!"

Dei risada, tentando resolver a situação. "A Vincent Black Shadow", esclareci. "Estamos com a equipe da fábrica."

Meu comentário gerou murmúrios contrariados entre os ocupantes do elevador. "Porra nenhuma", alguém resmungou às minhas costas.

"Espera aí!", gritou meu advogado... e então se dirigiu à garota: "Desculpa, moça, mas acho que algum cuzão ignorante neste elevador tá querendo levar um corte no meio da cara". Enfiou a mão no bolso da jaqueta negra de material sintético e se virou para encarar as pessoas amontoadas nos fundos do elevador. "Seus branquelos veados de merda", rosnou. "Quem tá a fim de ser retalhado?"

Fiquei prestando atenção no painel que indicava os andares. A porta se abriu no sétimo, mas ninguém se mexeu. Silêncio mortal. A porta se fechou. Chegamos ao oitavo... e a porta voltou a se abrir. Nenhum ruído no elevador lotado, nenhum movimento. Quando a porta começou a se fechar, saltei para fora e puxei o braço do meu advogado a tempo de tirá-lo do elevador. As portas se fecharam e a luz do nono andar se acendeu no painel externo.

"Rápido! Entra no quarto", ordenei. "Esses filhos da puta vão mandar os porcos pra cima da gente!" Viramos no corredor para chegar ao quarto. Meu advogado gargalhava sem parar. "Apavorados!", gritou. "Você *viu*? Ficaram *apavorados*. Que nem ratinhos numa gaiola!" Então, quando trancamos a porta, ele parou de rir. "Porra", falou. "Agora é *sério*. Aquela garota entendeu tudo. Ela se apaixonou por mim."

Agora, várias horas depois, ele estava convencido de que Lacerda – o tal fotógrafo – tinha se dado bem com a garota. "Vamos subir e *castrar* esse corno", rosnou, sacudindo sua nova faca em rápidos movimentos circulares na frente da cabeça. "Foi *você* que a entregou pra ele?"

"Olha", comecei, "é melhor afastar essa porra dessa faca pra bem longe de mim e esfriar a cabeça. Preciso estacionar o carro." Fui recuando lentamente na direção da porta. Uma das coisas que você aprende depois de muitos anos lidando com drogados é que *tudo* deve ser levado a sério. Você pode dar as costas a uma pessoa, mas nunca dê as costas a uma droga – especialmente quando ela está sacudindo uma faca de caça afiada como uma navalha bem na sua cara.

"Toma uma ducha", sugeri. "Volto em uns vinte minutos." Saí rapidamente, trancando a porta e levando comigo a chave do quarto do Lacerda, que meu advogado tinha roubado. Coitado daquele otário, pensei enquanto descia a escada rolante. Mandaram o infeliz para cá com uma tarefa perfeitamente normal – tirar algumas fotos de motocicletas e buggies correndo pelo deserto – e agora, sem saber, ele estava metido até o pescoço num mundo muito além de sua imaginação. Ele nunca seria capaz de entender o que estava acontecendo.

E o que estávamos fazendo ali? Qual o sentido daquela viagem? Eu tinha mesmo deixado um conversível vermelho enorme na rua? Estava mesmo zanzando pelas escadas rolantes do hotel Mint totalmente drogado ou tinha vindo até Las Vegas para escrever uma *matéria*?

Enfiei a mão no bolso para pegar a chave do quarto; "1.850", dizia. Pelo menos isso era real. Assim, minha tarefa imediata era cuidar do carro e voltar para o quarto... e então, se tudo desse certo, ficar sóbrio o bastante para lidar com qualquer coisa que acontecesse ao amanhecer.

Saí da escada rolante e entrei no cassino. Multidões enormes ainda cercavam as mesas de dados. *Quem* são essas pessoas? E esses rostos! De onde saíram? Parecem caricaturas de vendedores de carros usados de Dallas. Mas são *reais*. E, meu bom Jesus, eles são *muitos* – e gritam sem parar ao redor das mesas de jogo às quatro e meia da manhã de domingo numa cidade no meio do deserto. Ainda acreditam no Sonho Americano, nutrem a esperança de ver um Grande Ganhador surgindo de repente naquele cassino fétido de Vegas, no último minuto antes do amanhecer.

Desempenho dos sonhos na Cidade de Prata: quebrar a banca e voltar para casa podre de rico. E por que não? Parei na Roda da Fortuna e apostei um dólar em Thomas Jefferson – valendo uma nota de dois dólares, essa coisa tão rara. Como sempre, imaginava que uma aposta inofensiva, feita por instinto, poderia dar um bom início à coisa toda.

Mas não. Outros dois dólares escorrendo pelo ralo, nada mais. Filhos da puta!

Não. Calma. Aprenda a *gostar* de perder. O importante é cobrir essa matéria em seus próprios termos; deixe o resto para a *Life* ou a *Look* – ao menos por enquanto. Descendo a escada rolante, avistei o cara da *Life* enfiado na cabine do telégrafo, entoando suas palavras de sabedoria para os ouvidos de um autômato excitado, perdido num cubículo do outro lado do país. Bem assim: "AMANHECE EM LAS VEGAS – Os pilotos ainda estão dormindo, a poeira ainda não se ergueu no deserto, o prêmio de cinquenta mil dólares ainda repousa na escuridão do cofre do fabuloso hotel Mint de Del Webb, no coração cintilante da *Meca dos Cassinos.* Tensão extrema. E aqui está a equipe de *Life* (acompanhada, como sempre, por uma forte escolta policial...)". Pausa. "Sim, telefonista, eu falei *policial.* E o que mais poderia ser? Ora, é um Especial da *Life...*"

Encontrei o Tubarão Vermelho na Fremont, bem onde eu tinha deixado. Fiz a volta e o levei até a garagem – o carro do Doutor Gonzo, mas é claro, e se alguém estiver desocupado seria ótimo ver esse carro brilhando amanhã cedo. Cera, claro – ponha na conta do quarto.

Quando voltei, meu advogado estava na banheira. Submerso em água verde – o subproduto gorduroso de sais de banho japoneses comprados na loja de presentes do hotel. Ao lado da banheira, um rádio AM/FM novinho, ligado na tomada do barbeador elétrico. Volume máximo. Era uma bobagem de uns sujeitos chamados "Three Dog Night", falando sobre um sapo chamado Jeremiah que deseja "alegria ao mundo".

Primeiro Lennon, agora isso, pensei. Daqui a pouco Glenn Campbell vai aparecer gritando: "Onde estão todas as flores?".

Onde, realmente? Esta cidade não tem flores. Apenas plantas carnívoras. Baixei o volume e notei um pedaço roído de papel ao lado do rádio. Meu advogado não pareceu notar a mudança no volume. Estava perdido numa névoa de vapor esverdeado; só metade de sua cabeça estava fora d'água.

"Você mastigou isso aqui?", perguntei, mostrando a folha.

Ele me ignorou. Mas eu sabia. Pelas seis horas seguintes, seria muito difícil entrar em contato com ele. Ele tinha mastigado a folha de ácido inteira.

"Seu escroto", xinguei. "Espero, pro seu bem, que tenha sobrado algum Thorazine naquela sacola. Caso contrário, amanhã você estará em sérios apuros."

"Música!", ele rosnou. "Aumenta. Coloca aquela fita."

"Que fita?"

"A nova. Tá bem ali."

Peguei o rádio e percebi que era também um gravador – daqueles com toca-fitas embutido. E a fita, *Surrealistic Pillow*, só precisava ser virada. Ele já tinha escutado o lado A inteiro – num volume que podia ser ouvido em todos os quartos num raio de cem metros, atravessando as paredes.

"'White Rabbit'", ele pediu. "Quero um som *crescente*."

"Você tá fodido", ameacei. "Vou embora daqui a duas horas – e aí eles vão subir até aqui pra espancar você até a morte. Dentro da banheira."

"Eu cavo minhas próprias sepulturas", respondeu. "Água verde e 'White Rabbit'... coloca a fita; não me force a usar isso aqui." Seu braço emergiu da água, mostrando a faca de caça.

"Jesus", murmurei. E nesse momento percebi que não havia como discutir com ele – deitado na banheira, cheio de ácido na cabeça, empunhando a faca mais afiada que eu já tinha visto, totalmente incapaz de raciocinar, exigindo ouvir "White Rabbit". É isso, pensei. Cheguei ao meu limite com esse retardado. Dessa vez é uma viagem suicida. Dessa vez ele está pedindo. Está prontinho...

"Certo", falei, virando a fita e apertando o play. "Mas peço um último favor. Pode me dar duas horas? É tudo que peço – quero dormir duas horinhas até amanhã. Acho que vai ser um dia bem complicado."

"É claro", ele respondeu. "Sou seu *advogado*. Dou todo tempo que você quiser, cobrando meus honorários normais: 45 dólares por hora – mas, como você vai usar os travesseiros, por que não deixa uma nota de cem dólares ao lado do rádio e cai fora daqui?"

"Aceita cheque?", perguntei. "É do Banco Nacional de Sawtooth. Pode descontar sem levar documento. Eles me conhecem."

"Pode ser", falou, começando a se sacudir com a música. O banheiro parecia o interior de um woofer imenso e defeituoso. Vibrações tenebrosas, volume ensurdecedor. Piso encharcado.

Coloquei o rádio o mais longe possível da banheira, saí e fechei a porta.

Em poucos segundos ele começou a gritar. "Socorro! Seu filho da puta! Preciso de ajuda!"

Corri até lá, imaginando que ele tinha decepado a própria orelha por acidente.

Mas não... estava no chão do banheiro, com os braços estendidos na direção da prateleira de fórmica branca onde eu tinha colocado o rádio. "Quero esse rádio, porra", rosnou.

Afastei suas mãos com um tapa. "Seu imbecil!", gritei. "Volta já pra banheira! Fica longe desse rádio, porra!" Dei outro tapa em seus braços estendidos. O volume estava tão alto que era difícil entender o que estava tocando, a menos que você soubesse de cor todas as notas de *Surrealistic Pillow*... na época eu sabia, e notei que "White Rabbit" havia acabado; o clímax tinha chegado e passado.

Mas não parecia ter sido o bastante para meu advogado. Ele queria mais. "Rebobina essa fita!", gritou. "Quero tudo de novo!" Seus olhos estavam enlouquecidos, incapazes de se fixar em alguma coisa. Ele parecia à beira de um orgasmo psíquico inominável...

"Manda ver!", berrou. "Bota o mais alto que der, caralho! E, quando chegar aquela parte incrível em que o coelho decepa a própria cabeça, quero que você atire essa merda de rádio em cima de mim, dentro da banheira."

Olhei bem para ele, sem tirar as mãos do rádio. "De jeito nenhum", falei após uma pausa. "Eu adoraria meter um ferrão elétrico de 440 volts nessa banheira com você dentro, mas *não* esse rádio. Você vai explodir e atravessar a parede – estará mortinho em dez segundos." Dei risada. "Porra, eu teria que *explicar* o que aconteceu – aguentar um inquérito entediante cheio de perguntas... sim... pediriam os *detalhes exatos*. Não preciso disso."

"Porra nenhuma!", ele gritou. "Só precisa falar que eu quis ficar *mais* alucinado!"

Pensei por um instante. "Certo. Tem razão. Deve ser mesmo a única saída." Peguei o rádiogravador – ainda ligado na tomada – e o segurei sobre a banheira. "Quero ter certeza de que está bem alinhado", expliquei. "Você quer que eu atire esse negócio na banheira no clímax de 'White Rabbit' – é isso mesmo?"

Meu advogado voltou para a água e abriu um sorriso cheio de gratidão. "É isso aí, porra", confirmou. "Tava começando a achar que seria obrigado a sair daqui e convencer uma das *camareiras* a fazer isso por mim."

"Não se preocupe", falei. "Está pronto?" Apertei o play e "White Rabbit" voltou a tocar. Quase na mesma hora ele começou a uivar e gemer... correndo montanha acima, imaginando que daquela vez enfim chegaria ao topo. Seus olhos estavam bem fechados. Apenas sua cabeça e seus joelhos despontavam da água verde e gordurosa.

Deixei a música tocando e remexi a pilha de toranjas maduras ao lado da pia. A maior delas pesava quase um quilo. Segurei aquela merda como se fosse uma enorme bola de beisebol – e quando "White Rabbit" chegou ao seu clímax joguei aquilo na banheira como uma bala de canhão.

Meu advogado começou a berrar enlouquecido, se revirando na banheira como um tubarão faminto, derramando água por todo o piso enquanto tentava agarrar alguma coisa.

Arranquei o radiogravador da tomada e tirei a coisa do banheiro rapidinho... continuava tocando, mas agora usava a energia inofensiva das pilhas. Ouvi as coisas se acalmarem enquanto eu cruzava o quarto para pegar meu spray de pimenta... até que meu advogado arrombou a porta do banheiro e saiu correndo. Ainda estava com um olhar perdido, mas sacudia a faca à sua frente como se estivesse determinado a fazer picadinho de alguma coisa.

"Pimenta!", gritei. "Quer *isso* aqui?" Sacudi o spray bem na frente daqueles olhos turvos.

Ele parou na hora. "Filho da puta!", gritou. "*Você faria* isso, não é?"

Dei risada, ainda sacudindo o spray. "Ora, não se preocupe. Você vai *gostar*. Porra, nada nesse mundo se compara a um barato de spray de pimenta – são 45 minutos de joelhos no chão, com ânsia de vômito e falta de ar. Você vai ficar bem calminho."

Ele virou a cabeça na minha direção, tentando me enxergar direito. "Seu branquelo de merda, seu escroto filho duma puta", resmungou. "Você *faria* isso, né?"

"E por que não?", provoquei. "Porra, um minuto atrás você estava pedindo que eu *matasse* você! E agora você quer me matar! Puta merda, eu devia era chamar a *polícia*!"

Ele titubeou. "Polícia?"

Sacudi a cabeça. "É, não tenho escolha. Não posso me arriscar a pegar no sono com você solto por aí nesse estado – cheio de ácido na cabeça e querendo me fatiar com essa faca."

Meu advogado revirou os olhos por um instante e tentou sorrir. "Quem falou em fatiar você?", balbuciou. "Eu só queria desenhar um Z na sua testa – nada de mais." Encolheu os ombros e pegou um cigarro do maço que estava em cima do televisor.

Voltei a ameaçá-lo com o spray. "Volta pra banheira", mandei. "Toma umas vermelhas, tenta se acalmar. Fuma um pouco de maconha, injeta heroína – porra, faz *qualquer* coisa, mas me deixa descansar um pouco."

Ele sorriu, como se eu tivesse dado sugestões perfeitamente razoáveis. "É mesmo, caralho", falou, com ar sincero. "Você *tem mesmo* que descansar. Precisa *trabalhar* amanhã." Sacudiu a cabeça com um ar triste e se virou na direção do banheiro. "Porra! Que sacanagem." Acenou para se despedir. "Tenta descansar", falou. "Não deixa eu atrapalhar."

Balancei a cabeça e acompanhei seu lento trajeto de volta ao banheiro – ainda segurava a faca, mas parecia ter se esquecido dela. O ácido tinha trocado de marcha. A fase seguinte provavelmente seria um daqueles pesadelos introspectivos terrivelmente intensos. Umas quatro horas de desespero catatônico; mas nada físico, nada perigoso. Quando a porta do banheiro se fechou, travei a maçaneta usando uma cadeira pesada e coloquei o spray de pimenta ao lado do despertador.

O quarto ficou muito silencioso. Caminhei até o televisor e sintonizei um canal fora do ar – ruído neutro com o máximo de decibéis, uma ótima trilha para dormir, um chiado poderoso e contínuo para abafar qualquer esquisitice.

8.

“Gênios mundo afora estão de mãos dadas, e basta um choque de reconhecimento para o círculo inteiro andar”

Art Linkletter

Moro num lugar tranquilo, onde qualquer ruído no meio da noite significa que algo está prestes a acontecer: você acorda na hora, pensando “mas o que foi *isso*?”.

Geralmente não é nada. Mas às vezes... é difícil se adaptar ao esquema da cidade, com suas noites cheias de ruídos confortavelmente rotineiros. Carros, buzinas, passos... relaxar é impossível; melhor abafar tudo com o zumbido suave e contínuo de um televisor vesgo. Colocar o bicho num canal fora do ar e cair no sono, feliz...

Ignore o pesadelo dentro do banheiro. É apenas mais um horrendo refugiado da Geração do Amor, um pobre-diabo que não conseguiu aguentar a pressão. Meu advogado nunca conseguiu aceitar a ideia – geralmente defendida por sujeitos que abusaram das drogas e depois largaram tudo e especialmente popular entre quem está em liberdade condicional – de que é possível ficar mais chapado sem drogas do que com elas.

Eu também não, por sinal. Mas uma época morei bem perto do Dr. ____ na rua ____*, um antigo guru do ácido que mais tarde alardeou seu sucesso na transição do furor químico para a consciência sobrenatural. Uma bela tarde, na primeira curvatura ascendente daquilo que logo se tornaria a Grande Onda do Ácido de San Francisco, visitei a casa do Bom Doutor com a intenção

---

* Nomes removidos por insistência do advogado do editor.

de perguntar (naquela época ele já era famoso como autoridade em drogas) quais conselhos ele teria para um vizinho com uma curiosidade saudável a respeito do LSD.

Estacionei na rua e me arrastei pelo acesso de cascalho, parando no meio do caminho para acenar gentilmente para sua esposa, que trabalhava no jardim protegida por um enorme chapéu de jardinagem... uma bonita cena, pensei: o velho está lá dentro, preparando suas fantásticas poções lisérgicas, e aqui no jardim a mulher está cuidando das cenouras ou coisa que o valha... enquanto trabalha, cantarola alguma música que não consegui reconhecer.

Cantarola. Sim... mas eu ainda levaria quase dez anos para entender a verdadeira natureza daquele som: como Ginsberg perdido em seu Om, ____ tentava me *cantarolar para fora dali.* Quem estava naquele jardim não era uma velha senhora; era o Bom Doutor *em pessoa* – e cantarolava numa tentativa desesperada de me manter bem longe de sua consciência elevada.

Esbocei várias tentativas de esclarecer as coisas: eu era apenas um vizinho que viera pedir conselhos ao Doutor sobre tomar um pouco de LSD no meu casebre, logo ali, morro abaixo. E, sim, eu tinha armas. E gostava de atirar com elas – especialmente à noite, quando a grande chama azul salta para fora com todo aquele barulho... e, sim, eu também tinha munição. Não podia negar. Grandes projéteis de liga de chumbo zunindo pelo vale em velocidades que beiravam os 1.200 metros por segundo...

Mas eu sempre atirava contra o morro mais próximo ou, se isso não fosse possível, contra a escuridão. Não queria machucar ninguém; gostava das explosões, só isso. E sempre tomei cuidado para nunca matar mais do que podia comer.

"Matar?" Percebi que nunca conseguiria explicar esse conceito àquela criatura que dava duro no jardim. Será que já tinha comido carne alguma vez? Seria capaz de conjugar o verbo "caçar"? Compreenderia o sentido da fome? Entenderia o terrível fato de minha renda média naquele ano ser de 32 dólares por semana?

Não... não havia esperança nenhuma de comunicação por ali. Acabei admitindo isso – mas não a tempo de impedir que o doutor das drogas me cantarolasse até o acesso da sua casa e para dentro do meu carro e para a rua morro abaixo. Esqueça o LSD, pensei. Olha só o que ele fez com esse *pobre infeliz.*

Então continuei com o haxixe e o rum por mais uns seis meses, até que me mudei para San Francisco e certa noite acabei num lugar chamado Fillmore Auditoriurn. E pronto. Um torrão de açúcar acinzentado e BUM. Na minha cabeça, voltei direto ao jardim do Doutor. Não para a superfície, mas para *debaixo* dele – cutucando aquela terra cultivada com afinco como se eu fosse algum tipo de cogumelo mutante. Uma vítima da Explosão das Drogas. Um vagabundo de rua, um maluco nato, engolindo o que aparecia pela frente. Lembro que certa noite um andarilho entrou no Matrix com um mochilão nas costas, gritando: "Alguém quer um pouco de L... S... D...? Tenho todo o material, só preciso de um lugar pra fazer".

O gerente caiu em cima dele na hora, falando baixinho: "Pega leve, pega leve, vamos ali pro escritório". Nunca mais vi o andarilho depois daquela noite, mas ele distribuiu umas amostras antes de ser grampeado. Cápsulas brancas, imensas. Entrei no banheiro masculino para engolir a minha. Mas só *metade* para começar, pensei. Uma decisão sábia, mas difícil de ser levada a sério naquelas circunstâncias. Tomei a primeira metade e derramei o resto na manga da minha camisa xadrez vermelha... Enquanto tentava resolver o que faria com aquilo, um dos músicos entrou. "Qual o problema?", ele quis saber.

"Bem", comecei. "Esse negócio branco na minha manga é LSD."

Ele nem disse nada: simplesmente agarrou meu braço e começou a chupar o tecido. Uma cena bem grotesca. Tentei imaginar o que aconteceria se algum sujeito no estilo Kingston Trio/ corretor da bolsa entrasse de repente e nos pegasse no flagra. Ah, pensei, ele que se foda. Com alguma sorte, aquilo arruinaria sua vida – pensaria eternamente que atrás das portas de seus bares prediletos homens vestidos com camisas xadrez vermelhas curtem loucamente coisas que ele nunca vai conhecer. Será que ele ousaria chupar a manga de uma camisa? Provavelmente não. Melhor não correr riscos. Fingir que não viu nada...

Lembranças estranhas nesta noite nervosa em Las Vegas. Cinco anos depois? Seis? Parece uma vida inteira, ou no mínimo uma Grande Era – o tipo de auge que nunca mais volta. San Francisco na metade dos anos 60 era um lugar muito especial para estar, em um tempo muito especial para viver. Talvez tenha *significado algo*. Talvez não, no fim das contas... mas nenhuma explicação, nenhuma combinação de palavras, músicas ou lembranças é comparável à sensação de saber que você esteve lá, que viveu naquela parte do mundo durante aquele momento. Seja lá o que isso tenha significado...

História é um assunto nebuloso, por todas as merdas que acabam incluídas mais tarde. Mas, mesmo sem podermos ter nenhuma certeza sobre a "história", parece bastante sensato imaginar que, vez ou outra, a energia de uma geração inteira atinge seu ápice num instante magnífico e duradouro, por motivos que na época ninguém compreende por inteiro – e que, em retrospecto, nunca explicam o que realmente aconteceu.

Minha principal lembrança daquela época parece se estender por uma, cinco ou talvez quarenta noites – ou inícios de manhã – quando eu saía do Fillmore meio alucinado e, em *vez* de ir para casa, corria a quase 160 por hora pela Bay Bridge com minha enorme 650 Lightning, usando bermudas L. L. Bean e um casaco de lã da Butte... voava pelo túnel de Treasure Island sob as luzes de Oakland, Berkeley e Richmond, sem saber direito qual saída pegar quando chegava na outra ponta (sempre empacava no pedágio, alucinado demais para me controlar enquanto procurava dinheiro trocado)... mas sempre absolutamente seguro de que, não importava a direção que tomasse, acabaria chegando a algum lugar onde as pessoas estariam tão chapadas e enlouquecidas quanto eu. Disso não se podia duvidar...

Havia loucura rolando por todos os lados, a qualquer hora. Se não estivesse rolando do outro lado da baía, estava rolando depois da Golden Gate ou descendo a 101 até Los Altos ou La Honda... Era possível ficar louco em qualquer lugar. Todos compartilhavam uma sensação fantástica de que estávamos fazendo algo *correto*, mesmo sem saber o que era... sentíamos que estávamos vencendo...

E acho que essa foi a armadilha – essa sensação de vitória inevitável sobre as forças do Antigo e do Maligno. Não num sentido cruel ou militar; não precisávamos disso. Nossa energia simplesmente *prevaleceria*. Lutar não fazia sentido – tanto no nosso lado como no deles. Aquela era a nossa hora; estávamos na crista de uma onda imensa e linda...

E agora, menos de cinco anos mais tarde, basta subir um morro íngreme em Las Vegas e olhar para o Oeste com a predisposição adequada para quase *enxergar* a marca da maré – o lugar onde aquela onda enfim quebrou e se retraiu.

9.

Nenhuma compaixão pelo diabo... ...jornalistas torturados?... Voando rumo à loucura

A decisão de fugir surgiu de repente. Ou talvez não. Talvez eu estivesse planejando isso o tempo todo, esperando de forma subconsciente pelo momento ideal. Acho que a conta foi um fator importante – já que eu não tinha dinheiro para pagar. E não podia mais apelar para os esquemas demoníacos de reembolso de cartão de crédito. Não depois de lidar com Sidney Zion. Confiscaram meu American Express e agora os desgraçados estão me processando – junto com o Diners Club e a Receita Federal...

E, de qualquer modo, a revista é legalmente responsável. Meu advogado cuidou disso. Não assinamos nada. Exceto aquelas comandas do serviço de quarto. Nunca ficamos sabendo o total da dívida, mas – pouco antes de fugirmos – meu advogado calculou que gastamos algo entre 29 e 36 dólares por hora durante 48 horas consecutivas.

"Incrível", comentei. "Como isso foi acontecer?"

Mas quando fiz essa pergunta não havia ninguém por perto para responder. Meu advogado tinha sumido.

Deve ter farejado problemas. Na noite de segunda-feira, pediu um conjunto de malas de couro refinadas para o serviço de quarto e me informou que tinha feito reservas no próximo voo para Los Angeles. Precisávamos nos apressar, avisou, e a caminho do aeroporto pegou 25 dólares emprestados para a passagem de avião.

Esperei que ele fosse embora e voltei ao balcão de suvenires do aeroporto, onde gastei o resto do meu dinheiro em bobagens. Lixo completo, suvenires de Las Vegas, isqueiros de plástico com uma minirroleta embutida – falsificações grosseiras de isqueiros Zippo – que custavam 6,95 dólares, prendedores de dinheiro com a efígie de JFK que custavam 5 dólares cada, macaquinhos de lata que sacudiam dados e custavam 7,50 dólares... um monte de porcarias que joguei no banco de trás do Grande Tubarão Vermelho... e então me sentei no banco do motorista com uma postura muito digna (como sempre, a capota branca estava abaixada), liguei o rádio e comecei a pensar.

Como Horatio Alger lidaria com aquela situação?

One toke over the line, sweet Jesus... one toke over the line.

Pânico. Subia por minha coluna como as primeiras ondas de uma viagem de ácido. Todas aquelas realidades horrendas começavam a ficar claras: ali estava eu, sozinho em Las Vegas com aquele carro incrivelmente caro, sob efeito de incontáveis drogas, sem advogado, sem dinheiro, sem matéria para a revista – e, para coroar o desastre, com uma imensa conta de hotel para saldar. Tínhamos pedido para aquele quarto tudo o que as mãos humanas podiam carregar – incluindo umas seiscentas barras de sabonete Neutrogena transparente.

O carro estava cheio de sabonetes – no assoalho, nos bancos, no porta-luvas. Para conseguir seiscentas barras daquela merda esquisita e transparente, meu advogado fez alguma mutreta com as camareiras mestiças do nosso andar. E agora eram todas minhas.

Assim como a valise plástica ao meu lado no banco da frente. Quando peguei aquela bosta, senti imediatamente o que continha. Nenhum advogado samoano em sã consciência tentaria passar pelo detector de metais de um aeroporto comercial carregando um revólver calibre 357 Magnum...

Então ele deixou a arma comigo, pensando em reavê-la mais tarde – se eu conseguisse voltar a Los Angeles. Senão... bem, eu quase conseguia me ouvir falando com a Polícia Rodoviária da Califórnia:

Hein? Esta arma? Este revólver calibre 357 Magnum carregado, sem registro, escondido e talvez até mesmo roubado? Quer saber o que estou fazendo *com ele? Veja bem, seu guarda, eu saí da estrada perto das Fontes Mescal – por recomendação do meu advogado, que mais tarde acabou sumindo – e de repente, quando estava apenas passeando sem rumo naquele pseudo-oásis no meio do deserto, um sujeitinho barbudo apareceu na minha frente saído do nada, segurando uma faca enorme e um revólver negro e assustador na outra mão... ele se ofereceu para desenhar um X enorme na minha testa em memória do tenente Calley... mas quando expliquei que sou um doutor em jornalismo ele mudou de atitude. Sim, seu guarda, talvez você não acredite, mas naquele mesmo instante ele atirou a faca nas águas salobras que nos rodeavam e me entregou seu revólver. Sim, ele simplesmente enfiou a arma na minha mão, com a coronha virada pra mim, e depois saiu correndo rumo à escuridão.*

E é por isso que estou com essa arma, seu guarda. Dá pra acreditar?

Não.

Mas eu também não ia jogar fora aquele troço. Hoje em dia é muito difícil conseguir uma boa Magnum 357.

Aí pensei comigo mesmo, bem, se eu levar esta coisa até Malibu ela é *minha*. Se eu corro o risco, a arma é minha – fazia muito sentido. E se aquele porco samoano quiser discutir, se aparecer gritando na minha casa, seu fêmur vai sentir o gostinho desse revólver. Ah, sim. Dez gramas de liga de chumbo a 450 metros por segundo são capazes de produzir uns vinte quilos de hambúrguer samoano misturado com fragmentos de osso. Por que não?

Loucura, loucura... estou sozinho com o Grande Tubarão Vermelho no estacionamento do aeroporto de Las Vegas. Chega de pânico. Calma. *Controle-se.* Nas próximas 24 horas manter o autocontrole será uma questão crucial. Estou sozinho no meio da porra do deserto, no meio de um ninho de lunáticos armados, dentro de um carro lotado de cargas perigosas – riscos, horrores e imputabilidades que *preciso* transportar até Los Angeles, porque se me pegarem por aqui eu estou fodido. Completamente. Sem dúvida nenhuma. Um doutor em jornalismo não merece editar o boletim semanal da penitenciária. Melhor acelerar e cair fora deste lugar primitivo. Certo. Mas antes disso – voltar ao hotel Mint e descontar um cheque de cinquenta dólares, subir para o quarto e pedir dois sanduíches de três andares, dois litros de leite, um bule de café e uma garrafa de Bacardi Añejo.

O rum será essencial para suportar esta noite e passar a limpo estas anotações, este diário vergonhoso... com o gravador se esgoelando a noite inteira no volume máximo: "*Allow me to introduce myself... I'm a man of wealth and taste*".*

Compaixão?

Não por mim. Não existe misericórdia para um criminoso drogado em Las Vegas. Este lugar é como o Exército: aqui vale a ética do tubarão – devorar os feridos. Numa sociedade fechada, na qual todos são culpados, o único crime é ser pego. Num mundo de ladrões, o único pecado capital é a burrice.

É estranho sentar num hotel de Las Vegas às quatro da manhã – curvado sobre a mesa diante de um caderno de anotações e um gravador, numa suíte com diária de 75 dólares e uma conta astronômica de serviço de quarto acumulada em 48 horas de completa loucura – sabendo que você vai fugir sem pagar um centavo assim que começar a amanhecer... vai atravessar o saguão, pedir que tragam seu conversível vermelho da garagem e esperar, carregando uma valise cheia de maconha e armas ilegais... tentando agir com naturalidade, folheando a edição matinal do *Las Vegas Sun*.

Seria o último passo. Algumas horas mais cedo eu já tinha levado para o carro todas as toranjas e o resto da bagagem.

Agora era só uma questão de escapar da forca: sim, agir com a maior naturalidade, escondendo o olhar demente por

---

* "Permita que eu me apresente... sou um homem de posses e bom gosto", primeiros versos de "Sympathy for the Devil" ("Compaixão pelo Diabo"), dos "Rolling Stones". (N.T.)

trás de óculos escuros espelhados feitos em Saigon... esperando a chegada do Tubarão. E cadê ele? Dei 5 dólares para aquele vagabundo do manobrista. Na minha situação atual, isso é um grande investimento.

TRIO VOLTA A SER PRESO
POR MORTE DE GAROTA

Overdose de heroína é a *causa mortis* oficial da bela Diane Hamby, 19, cujo corpo foi encontrado no interior de uma geladeira na semana passada, declarou o legista-chefe de Clark County. De acordo com investigadores da equipe de homicídios que tentou efetuar a prisão dos suspeitos, um deles, uma mulher de 24 anos, tentou se jogar pelas portas de vidro do trailer em que morava antes de ser contida pelos policiais. Ainda conforme os investigadores, a suspeita estava descontrolada. "Nunca vão me pegar viva", gritava. Mas a mulher, que não parece ter sofrido nenhum ferimento, acabou algemada pelos policiais...

DROGAS MATAM SOLDADOS

WASHINGTON (AP) – Drogas ilegais foram responsáveis pela morte de 160 soldados americanos no último ano – quarenta deles no Vietnã... Conforme o relatório do subcomitê, há suspeitas de envolvimento de drogas em outras 56 mortes de militares na Ásia e na região militar do Pacífico... A heroína, informa o documento, é um problema cada vez mais grave no Vietnã, especialmente por conta da proximidade dos centros de produção no Laos, na Tailândia e em Hong Kong. "A repressão às drogas no Vietnã é praticamente nula", afirma o relatório, "em parte graças à ineficiência da polícia local e também pelo envolvimento de funcionários públicos corruptos, ainda não identificados, com o tráfico de drogas."

À esquerda dessa notícia sinistra havia uma foto centralizada, que ocupava quatro colunas. Mostrava policiais de Washington D.C. atacando "jovens manifestantes contrários à guerra que, num protesto pacífico, bloquearam a entrada ao Quartel-General do Alistamento Militar Obrigatório".

E, ao lado da foto, uma imensa manchete em negrito: CASOS DE TORTURA MENCIONADOS EM AUDIÊNCIAS SOBRE A GUERRA.

> WASHINGTON – De acordo com o testemunho de voluntários a uma comissão informal de congressistas, tortura e assassinatos de prisioneiros norte-vietnamitas são comuns no dia a dia dos responsáveis por interrogatórios militares. Isso inclui o uso rotineiro de aparelhos de choque elétrico e a prática de atirar prisioneiros ao mar a partir de helicópteros. Segundo um membro do serviço de inteligência do Exército, o fuzilamento de sua intérprete chinesa foi justificado por um oficial superior com as palavras "era só mais uma amarela" – ou seja, uma asiática...

Logo abaixo dessa matéria, outra manchete informava: CINCO FERIDOS EM NOVA YORK... vítimas de um atirador não identificado que disparou sem motivo aparente do telhado de um edifício. Essa nota aparecia logo acima de uma manchete que dizia: DONO DE FARMÁCIA PRESO EM BLITZ... "resultado", explicava o artigo, "da investigação de uma farmácia de Las Vegas, na qual cem mil comprimidos de venda controlada sumiram sem explicação...".

Fiquei bem melhor ao ler aquela primeira página. Comparados com aquelas abominações, meus crimes eram banais e irrelevantes. Eu era praticamente um cidadão respeitável – um delinquente, talvez, mas sem dúvida inofensivo. E quando chegasse minha hora isso com certeza contaria a meu favor.

Será? Lendo a seção de esportes, vi uma notinha sobre Muhammad Ali; seu caso tinha sido levado para a última instância, a Suprema Corte. Ele tinha sido condenado a cinco anos de prisão por *se recusar* a matar "amarelos".

"Não tenho nada contra esses vietcongues", declarou.

Cinco anos.

10.

Entra em cena a Western Union: um alerta do sr. Heem... A editoria de esportes manda uma nova pauta e a polícia faz um convite demente

De repente voltei a me sentir culpado. O Tubarão! Onde estava? Atirei o jornal longe e apressei o passo. Estava perdendo o controle. Minha fachada começava a desabar... até que enxerguei o carro descendo por uma rampa na garagem ao lado do hotel.

Salvação! Agarrei a sacola de couro e avancei até o meu veículo.

"SENHOR DUKE!"

Uma voz ecoou às minhas costas.

"Senhor Duke! Estávamos procurando pelo senhor!"

Quase tive um colapso. Senti todas as células do meu cérebro e do meu corpo sucumbirem. Não!, pensei. Devo estar tendo alucinações. Não tem ninguém ali, ninguém está me chamando... é uma alucinação paranoica, uma psicose de anfetamina... siga caminhando até o carro, continue sorrindo...

"SENHOR DUKE! Espere!"

Bem... e por que não? Muitos livros excelentes foram escritos na cadeia. E eu não seria exatamente um desconhecido lá em Carson City. O diretor da prisão lembraria de mim; e o detento responsável por supervisionar o trabalho dos outros prisioneiros também – eu o entrevistei para o *New York Times.* Além de muitos outros prisioneiros, guardas, policiais e vagabundos de todo tipo que me mandaram cartas cheias de ameaças quando o artigo não foi publicado.

Por que não?, exigiam saber. Queriam que suas histórias fossem contadas. Era difícil explicar; tudo o que eles haviam me contado tinha ido para o lixo, ou na melhor das hipóteses para o arquivo morto, porque meus parágrafos de abertura não agradaram algum editor a cinco mil quilômetros de distância – um autômato nervoso atrás de uma mesa de fórmica cinzenta perdida nas entranhas de uma burocracia jornalística que nenhum detento em Nevada conseguiria entender – o artigo tinha morrido na praia, digamos assim, porque eu me recusei a reescrever os parágrafos iniciais. Por meus próprios motivos...

Nenhum deles faria muito sentido na prisão. Mas, ah, que se foda. Por que se preocupar com detalhes? Virei para trás e encarei meu carrasco. Era um recepcionista baixinho, com um sorriso enorme no rosto e um envelope amarelo na mão. "Estava ligando para o seu quarto", explicou. "E então vi o senhor aqui fora."

Balancei a cabeça, cansado demais para resistir. Àquela altura o Tubarão já estava ao meu lado, mas não me animei nem a guardar minha sacola. Era o fim da linha. Eles tinham me apanhado.

O recepcionista continuava sorrindo. "Este telegrama acaba de chegar para o senhor", informou. "Mas na verdade *não* é para o senhor, é para alguém chamado Thompson. Só que diz '*aos cuidados* de Raoul Duke'. Faz sentido?"

Fiquei tonto. Era muita coisa para absorver de uma só vez. Da liberdade à prisão e de volta à liberdade – em trinta segundos. Cambaleei para trás e me apoiei no carro, sentindo a lona branca da capota sob meus dedos trêmulos. O recepcionista, ainda sorrindo, me estendia o telegrama.

Movi a cabeça, ainda sem conseguir falar. "Sim", acabei dizendo, "faz sentido." Peguei o envelope e abri na hora.

TELEGRAMA URGENTE

Hunter S. Thompson
A/C Raoul Duke
Suite a prova de som 1850
Hotel Mint Las Vegas

> LIGUE IMEDIATAMENTE REPITO IMEDIATAMENTE TEMOS NOVA TAREFA QUE COMECA AMANHA TAMBEM EM VEGAS NAO VA EMBORA PT A CONFERENCIA NACIONAL DOS PROMOTORES PUBLICOS CONVIDOU VOCE PARA UM SEMINARIO DE QUATRO DIAS SOBRE ENTORPECENTES E DROGAS PERIGOSAS NO HOTEL DUNES PT REVISTA ROLLING STONE TELEFONOU PEDIU 50 MIL PALAVRAS PAGAMENTO ASTRONOMICO TODAS AS DESPESAS PAGAS INCLUINDO AMOSTRAS PT TEMOS RESERVAS NO HOTEL FLAMINGO E UM CADILLAC BRANCO CONVERSIVEL PT ESTA TUDO ARMADO LIGUE IMEDIATAMENTE PARA SABER DETALHES URGENTE REPITO URGENTE PT
>
> DOUTOR GONZO

"Puta merda!", balbuciei. "Não pode ser verdade!"

"Não é para o senhor?", perguntou o recepcionista, subitamente nervoso. "Procurei esse Thompson no registro de hóspedes. Ele não consta, mas imaginei que podia fazer parte de sua equipe."

"Faz, sim", confirmei sem demora. "Não se preocupe, eu falo com ele." Atirei minha sacola no banco da frente do Tubarão, louco para fugir antes que a ordem para minha execução chegasse. Mas o recepcionista continuava curioso.

"E o Doutor Gonzo?", quis saber.

Encarei o sujeito com minhas lentes espelhadas. "Vai bem", respondi. "Mas ele tem um temperamento horrível. O Doutor cuida das nossas finanças, é responsável por todos os nossos *preparativos.*" Deslizei até o lugar do motorista e me preparei para sair.

O recepcionista se apoiou no carro. "Ficamos confusos", continuou, "com essa assinatura do Doutor Gonzo num telegrama de Los Angeles – porque sabemos que ele está aqui no hotel."

Deu de ombros. "E ainda por cima o telegrama foi enviado para um hóspede que não consta dos registros... bem, o atraso foi inevitável. Espero que entenda..."

Balancei a cabeça, impaciente. "Você agiu bem", falei. "Nunca tente decifrar mensagens da imprensa. Usamos códigos quase o tempo todo – especialmente com o Doutor Gonzo."

Ele abriu outro sorriso, desta vez um pouco estranho. "Diga uma coisa", falou. "A que horas o Doutor vai acordar?"

Agarrei o volante, tenso. "Acordar? Como assim?"

Ele parecia constrangido. "Bem... nosso gerente, o sr. Heem, gostaria de *conhecê-lo*." Agora o sorriso era nitidamente maléfico. "Nada de mais. O sr. Heem gosta de conhecer pessoalmente todos os hóspedes com *contas altas*... para dar um tratamento personalizado... uma conversa, um aperto de mão, o senhor entende?"

"É claro", respondi. "Mas, se eu fosse você, não incomodaria o Doutor antes que ele tome o café da manhã. É um sujeito muito grosseiro."

O recepcionista balançou a cabeça, desconfiado. "Mas ele *estará* disponível... ainda esta manhã?"

Percebi aonde ele queria chegar. "Olhe aqui", falei. "Esse telegrama está embaralhado. Na verdade, Thompson é o *remetente*, não o *destinatário*. Deve ter sido um erro da Western Union." Mostrei o telegrama, sabendo que o recepcionista já tinha lido. "Isto *aqui*", continuei, "é uma mensagem urgente para o Doutor Gonzo, que está lá em cima, informando que Thompson está chegando de L.A. com uma nova tarefa – um novo trabalho." Fiz um gesto para que ele tirasse as mãos do carro. "Nos vemos depois", cortei a conversa. "Preciso ir para a corrida."

Ele recuou quando engatei a primeira. "Não precisa ter pressa", gritou. "A corrida *acabou*."

"Não para mim", falei, acenando com simpatia.

"Vamos almoçar!", ainda implorou enquanto eu acelerava.

"Certo!", gritei. E me perdi no tráfego. Depois de alguns quarteirões na direção errada pela Main Street, fiz o retorno e tomei o caminho do sul. Rumo a Los Angeles. Mas controlei a

R.St.

velocidade. Fique tranquilo, dirija devagar, pensei. Como se estivesse *passeando* até os arredores da cidade...

Eu precisava achar um jeito de sair da estrada, sumir de vista e refletir sobre aquele telegrama incrível do meu advogado. Era verdade – disso eu tinha certeza. Havia uma urgência realmente genuína naquela mensagem. Aquele tom era inconfundível...

Mas eu não estava no clima, não tinha condições de passar mais uma semana em Las Vegas. Não *agora*. Tinha abusado demais da sorte naquela cidade... até esgotar minha cota. E os sacanas estavam fechando o cerco; eu conseguia *sentir o cheiro* dos filhos da puta.

Sim, estava mesmo na hora de ir. Eu não podia mais correr nenhum risco.

Perambulando à toa pela Las Vegas Boulevard a cinquenta quilômetros por hora, comecei a procurar um lugar para descansar e oficializar minha decisão. Claro, estava tudo resolvido. Mas eu precisava de uma cerveja, quem sabe de três, para selar o acordo e entorpecer o único neurônio rebelde que insistia nas vibrações negativas...

Seria preciso encarar aquilo. Havia *um argumento* para minha permanência. Ou mais ou menos isso. Em todos os sentidos, era um argumento traiçoeiro, estúpido e demente – mas era impossível negar o encanto do humor negro que pairava sobre aquela ideia. Um jornalista gonzo em meio a um quadro praticamente terminal de toxicomania tinha sido convidado para cobrir a Conferência Nacional dos Promotores Públicos sobre Entorpecentes e Drogas Perigosas.

Havia também um charme perverso na ideia de dar um calote violento num hotel de Las Vegas para em seguida – em vez de fugir até Los Angeles pela rodovia sem grandes esperanças de sucesso – sair passeando pela cidade, trocar o Chevy conversível vermelho por um Cadillac branco e se registrar *noutro* hotel de Las Vegas, com credenciais de imprensa, e se misturar com uns mil policiais de todos os cantos dos Estados Unidos reunidos para discutir a respeito do Problema das Drogas.

Era uma insensatez perigosa, mas era também o tipo de coisa que agradaria a um verdadeiro connaisseur da arte de viver/trabalhar no limite. Ora, qual seria o *último* lugar onde a polícia de Las Vegas procuraria um estelionatário drogado que acabou de dar calote num hotel do centro?

Exato. Numa conferência de promotores públicos sobre drogas, num hotel elegante... Ou chegando ao Caesar's Palace para um jantar dançante de Tom Jones num Coupe de Ville branco e deslumbrante... Ou num coquetel para agentes do departamento de narcóticos e suas esposas no Dunes?

Não seria o lugar perfeito para se esconder? Para *algumas* pessoas, talvez. Não para mim. E certamente não para meu advogado – um sujeito que chama a atenção. Separados, até poderíamos conseguir. Mas juntos, nunca – estragaríamos tudo. Nossa química era agressiva demais; a tentação de criar uma demência sem igual seria irresistível.

E isso, é claro, acabaria conosco. Não teriam piedade. Para espionar os espiões seria preciso aceitar a sina da classe: "Como sempre, se você ou qualquer membro da organização for apanhado pelo inimigo, a Secretaria negará ter qualquer conhecimento etc".

Não, era demais. Os limites entre loucura e masoquismo já estavam indefinidos; estava na hora de retroceder... recuar, cair fora, sumir e, digamos assim, "faltar com o dever". E por que não? Sempre chega o momento de minimizar as perdas ou consolidar os ganhos – o que for mais adequado.

Dirigi sem pressa, procurando um lugar decente para tomar a primeira cerveja do dia, pôr a cabeça no lugar... e planejar essa retirada anormal.

11.

Aaawww, Mama, can this really be the end?*... Exausto em Las Vegas... A volta da psicose de anfetamina?

Terça-feira, nove da manhã... Sentado no café Wild Bill, nos arredores de Las Vegas, enxergando tudo com clareza. Só existe uma estrada para Los Angeles – a rodovia interestadual US 15, uma linha reta sem estradas secundárias ou atalhos, para ser percorrida em alta velocidade, passando por Baker, Barstow e Berdoo antes de chegar à freeway de Hollywood e ao anonimato perfeito: segurança, obscuridade, apenas mais um maluco no Reino dos Malucos.

Mas antes disso, por cinco ou seis horas, eu seria a coisa mais chamativa naquela estrada infernal – o único conversível vermelho-sangue entre Butte e Tijuana... voando pela rodovia do deserto com um retardado seminu ao volante. Seria melhor usar minha camisa roxa e verde de Acapulco ou não vestir nada?

É impossível se esconder dentro deste monstro.

E não será uma viagem tranquila. Nem mesmo o Deus-Sol está disposto a assistir. Pela primeira vez em três dias, se escondeu atrás de uma nuvem. Sumiu. O céu estava cinzento e feio.

Assim que entrei no estacionamento nos fundos do Wild Bill, meio escondido, ouvi um estrondo sobre minha cabeça. Olhei para cima e vi um imenso DC-8 ganhando altura – deixando uma trilha

---

* Em tradução livre: "Aaahhh, mamãe, será mesmo o fim?...". Trecho de "Stuck Inside Of Mobile With The Memphis Blues Again", de Bob Dylan. (N.T.)

de fumaça prateada a uns seiscentos metros sobre a rodovia. Será que Lacerda estaria a bordo? Ou o cara da Life? Estavam com todas as fotos de que precisavam? Todos os fatos? Tinham cumprido suas responsabilidades?

Eu não sabia nem quem tinha vencido a corrida. Talvez ninguém. Não seria estranho descobrir que o espetáculo inteiro tinha sido abortado por um enorme tumulto – uma orgia de violência sem sentido, detonada por marginais bêbados que se recusavam a acatar as regras.

Resolvi preencher essa lacuna de informação na primeira oportunidade que tivesse: pegaria o *L.A. Times* e vasculharia a seção de esportes atrás de uma matéria sobre a Mint 400. Ficaria por dentro dos detalhes. Bem informado. Mesmo em Fuga, nas garras de um Medo atroz...

Eu sabia que Lacerda estava naquele avião, voltando para Nova York. Ontem à noite ele me falou que pretendia pegar o primeiro voo.

E lá vai ele... e aqui estou eu, sem advogado, sentado num banco forrado de plástico vermelho na Taberna do Wild Bill, bebericando nervosamente uma Budweiser num bar que começa a receber suas visitas matinais de cafetões e viciados em pinball... com o imenso Tubarão Vermelho estacionado do lado de fora, lotado de tantas coisas proibidas que tenho até medo de olhar.

Mas eu não posso abandonar aquela merda. Minha única esperança é dirigir pelos quinhentos quilômetros de estrada aberta que separam este lugar do meu Refúgio. Mas, meu bom Deus, estou *exausto*! Estou assustado. Estou maluco. Essa cultura acabou comigo. Que porra *estou fazendo* aqui? Esta não é nem mesmo a história que eu deveria escrever. Bem que o meu agente tentou avisar. Todos os sinais eram negativos – especialmente aquele Tampinha maligno com o telefone cor-de-rosa no Polo Lounge. Eu deveria ter ficado por lá... tudo menos *isto*.

Aaaww... Mama, can this really be the end?"

Não!

Quem colocou essa música? Será que escutei *mesmo* essa merda saindo da jukebox? Às 9h19 desta manhã imunda e cinzenta na Taberna do Wild Bill?

Não. Foi meu cérebro ecoando um amanhecer doloroso em Toronto, há muito esquecido... muito tempo atrás, quando eu estava quase louco, noutro mundo... nem tão diferente assim.

SOCORRO!

Por quantas outras noites, por quantas outras manhãs esquisitas essa merda ainda vai continuar? Por quanto tempo o corpo e o cérebro podem *tolerar* essa loucura apocalíptica? Esse ranger de dentes, esse suor jorrando, esse sangue latejando nas têmporas... pequenas veias azuis explodindo ao redor das orelhas, sessenta, setenta horas sem dormir...

E agora *é* a jukebox! Sim, não há dúvidas... e por que não? É uma canção muito popular: "*Like a bridge over troubled water... I will lay me down*".*

BUM. Paranoia repentina. Que tipo de rato desgraçado e psicótico colocaria *essa* música para tocar – logo agora, num momento como este? Será que fui seguido até aqui? Será que a garçonete sabe quem eu sou? Será que me *enxerga* por trás destas lentes espelhadas?

Todo garçom é traiçoeiro, mas *esta* garçonete é uma gorda rabugenta de meia-idade com um avental por cima do macacão de caipira... deve ser a mulher do Wild Bill.

Jesus. Ondas terríveis de paranoia, loucura, medo e repulsa – vibrações intoleráveis neste lugar. Caia fora. Fuja... e de repente me dou conta, num último lampejo de astúcia demente antes da escuridão completa, de que de acordo com as regras posso esperar até o *meio-dia* para desocupar a suíte do hotel... isso me dá no mínimo duas horas dirigindo em alta velocidade para sair deste maldito estado antes que eu me transforme num fugitivo aos olhos da lei.

---

* "Bridge Over Troubled Water", de Simon & Garfunkel. Em tradução livre: "Como uma ponte sobre águas revoltas... estarei ali". (N.T.)

Uma sorte incrível. Quando soar o alarme, estarei a mil entre Needles e o Vale da Morte – enfiando o pé no acelerador e dando uma banana para Efrem Zimbalist Jr., me perseguindo em seu helicóptero do FBI.

VOCÊ ATÉ PODE FUGIR, MAS NÃO TEM COMO SE ESCONDER *

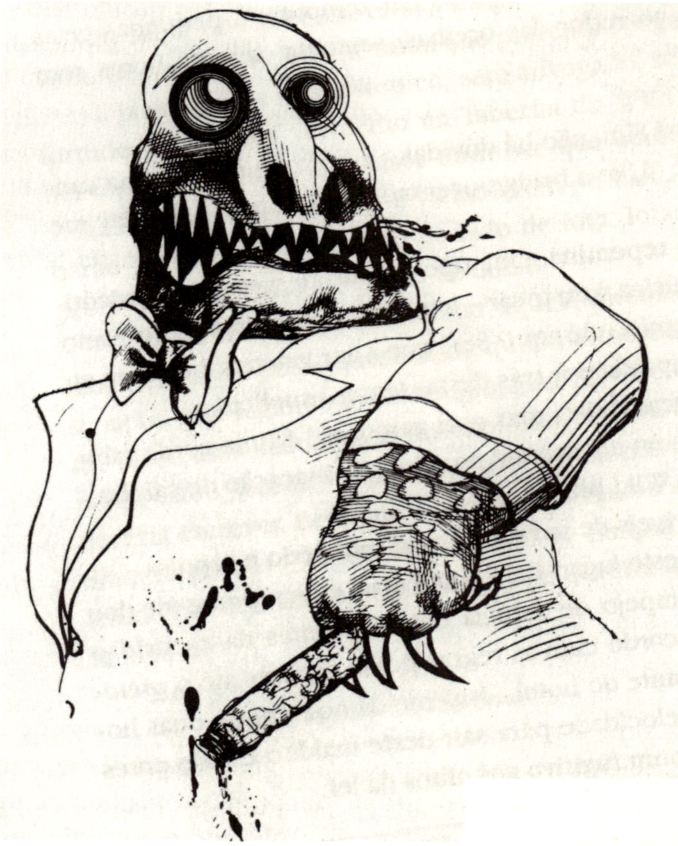

* (... alerta para traficantes de heroína visto num quadro de avisos em Boulder, Colorado.)

Vá se foder, Efrem. Isso vale para qualquer um de nós.

Para você e o pessoal do Mint, continuo no quarto 1.850 – legal e espiritualmente, ainda que não em carne e osso – com um aviso de "Não Perturbe" dependurado na maçaneta para afastar qualquer aborrecimento. Enquanto o aviso estiver na porta, as camareiras não chegarão perto do quarto. Meu advogado cuidou disso – e dos seiscentos sabonetes Neutrogena que ainda terei que entregar em Malibu. O que o FBI vai achar disso? Deste Grande Tubarão Vermelho carregado de sabonetes Neutrogena? São perfeitamente legais. Nós *ganhamos* esses sabonetes das camareiras. Elas podem confirmar... não podem?

É claro que não. Aquelas camareiras malditas e traiçoeiras vão jurar que foram coagidas por dois malucos com armamento pesado. Vão dizer que foram ameaçadas com uma Vincent Black Shadow até entregarem todos aqueles sabonetes.

Jesus do céu! Será que tem algum padre nesta taberna? Quero me confessar! Sou um *pecador*, caralho! Pecados venais, mortais, carnais, maiores e menores – você decide, Senhor... sou culpado.

Mas me faça um último favor: me conceda apenas mais cinco horas em alta velocidade antes de bater o martelo; só quero ficar livre desse maldito carro e desse deserto horrendo.

E nem é pedir muito, Senhor. No fim das contas, a verdade incrível é que sou inocente. Tudo que fiz foi levar suas bobagens *a sério*... viu onde isso me fez parar? Meus instintos cristãos primitivos me transformaram num criminoso.

Lembro que repetia sem parar, escapulindo pelo cassino às seis da manhã com uma valise cheia de toranjas e camisetas da Mint 400: "Você é inocente". Não foi nada mais que um expediente necessário para evitar uma situação desagradável. Afinal de contas, não assumi compromisso nenhum; é uma *dívida institucional* – nada particular. Todo esse maldito pesadelo é culpa daquela *revista* desgraçada e irresponsável. Algum imbecil em Nova York fez isso comigo. Foi ideia *dele*, Senhor. Não minha.

E olhe só para mim agora: quase enlouquecido de medo, dirigindo a duzentos por hora pelo Vale da Morte num carro que eu nunca quis. Seu pervertido escroto! Isso é obra *sua*! Acho bom velar por mim, Senhor... caso contrário, logo me terá *em suas mãos.*

12.

Velocidade infernal... Brigando com a Polícia Rodoviária da Califórnia... Mano a mano na Rodovia 61

Terça-feira, meio-dia e meia... Baker, Califórnia... Estou na cervejaria Ballantine, sou um zumbi embriagado e nervoso. Conheço a sensação: três, quatro dias de álcool, drogas, sol, falta de sono e reservas de adrenalina exauridas – uma viagem dominada por tonturas e tremores que indicam a chegada do colapso. Mas quando? Ainda vai demorar? Essa tensão é parte da viagem. A possibilidade de um colapso físico e mental é bastante palpável...

...mas um colapso está fora de questão; é *inaceitável* como solução ou mesmo como alternativa mais fácil. De fato. Este é o momento da verdade, aquele limite tênue e decisivo entre o controle e o desastre – a diferença entre ficar leve e solto nas ruas ou passar as manhãs de verão dos próximos cinco anos jogando basquete no pátio da penitenciária de Carson City.

Não tenha compaixão pelo diabo; lembre-se disso. Compre a passagem, embarque na jornada... e, se as coisas ficarem mais sérias do que você imaginou, bem... talvez o melhor a fazer seja considerar isso tudo uma *expansão de consciência forçada*: se ligue, enlouqueça, apanhe. Está tudo na bíblia de Kesey... O Extremo da Realidade.

E chega de bobagens; agora nem mesmo Kesey pode me ajudar. Acabo de passar por duas experiências emocionais muito ruins – uma com a Polícia Rodoviária da Califórnia e outra com um carona fantasma que pode ou não ter sido quem eu pensei ser. E agora, me sentindo à beira de um episódio psicótico severo, estou curvado sobre meu gravador numa "cervejaria" instalada nos fundos de um imenso armazém de implementos agrícolas – cercado por todo tipo de arados, arreios e sacos e mais sacos de fertilizante, tentando entender como tudo aconteceu.

Uns oito quilômetros atrás tive um encontro infeliz com a PRC. Não me mandaram encostar nem sair do carro: não foi nada rotineiro. Sempre dirijo corretamente. Talvez um pouco rápido demais, mas sempre com uma habilidade inegável e um temor natural pela estrada reconhecido até pelos policiais. Ainda está para nascer um policial que não aprecie a execução perfeita de uma Fuga em Alta Velocidade, *especialmente* quando inclui um trevo de rodovia.

Pouca gente compreende a psicologia que deve ser empregada ao lidar com um policial rodoviário. Infratores de velocidade comuns entram em pânico e encostam imediatamente quando avistam as luzes vermelhas atrás de si... e então começam a inventar desculpas e implorar perdão.

É um erro. Isso faz brotar o desprezo no coração do policial. Quando você está correndo a uns 160 e enxerga de repente as luzes vermelhas de uma viatura da PRC piscando no retrovisor – a atitude correta nessa situação é *acelerar*. Nunca encoste o carro ao escutar a sirene. Pise fundo e faça o desgraçado perseguir você a quase duzentos por hora até a próxima saída. Ele não vai desistir, mas vai ficar bem confuso quando você der sinal indicando uma conversão à direita.

Isso avisa que você está procurando por um lugar adequado para encostar o carro e conversar... continue dando sinal e procure um desvio qualquer, de preferência com placas que indiquem uma velocidade máxima de quarenta quilômetros por hora... o truque é sair da rodovia de repente e inspirar o policial a fazer o mesmo – a não menos de 160 por hora.

Ele vai pisar no freio na mesma hora que você, mas levará um instante para se dar conta de que àquela velocidade isso vai causar um cavalo de pau... você, por outro lado, estará *preparado*, pronto para trabalhar rápido e lidar com a situação. Com um mínimo de sorte, já vai estar em pé ao lado do seu automóvel quando o policial enfim conseguir parar.

De início ele não vai ser nada racional... mas não importa. Espere ele se acalmar. O policial vai exigir dar a primeira palavra. Conceda. O cérebro dele estará em polvorosa: pode gritar ou até mesmo sacar a arma. Deixe; continue sorrindo. Nossa intenção é demonstrar que você estava o tempo todo no controle de si mesmo e de seu veículo – enquanto *ele* perdeu o controle de tudo.

Ajuda ter um distintivo da polícia na carteira quando ele se acalmar o bastante para pedir sua carta de motorista. Eu tinha – mas também tinha uma lata de Budweiser na mão. Até aquele instante, não tinha percebido isso. Estava me sentindo no controle da situação... mas, quando olhei para minha mão e vi aquela bomba vermelha/prateada, sabia que estava fodido...

Ultrapassar a velocidade permitida é uma coisa, dirigir bêbado é outra. O policial parecia consciente disso – eu tinha arruinado toda minha performance ao me esquecer da lata de cerveja. Seu rosto relaxou e ele até sorriu. E eu também. Porque naquele momento nós dois compreendemos que meu teatrinho de Rei das Estradas não tinha servido para nada – aquela lata de cerveja na minha mão tornava desnecessária qualquer discussão sobre "alta velocidade".

O policial aceitou minha carteira aberta com a mão esquerda e estendeu a direita na direção da lata de cerveja. "Posso ficar com isso?", perguntou.

"E por que não?", respondi.

Ele pegou a lata e derramou a cerveja na estrada, entre nós dois.

Sorri. Não me importava mais. "Estava ficando quente mesmo", comentei. Logo atrás de mim, no banco de trás do Tubarão, havia umas dez latas de Budweiser quente e mais ou menos uma dúzia de toranjas. Eu tinha me esquecido completamente daquilo. Eram evidentes demais para serem ignoradas por qualquer um de nós. Minha culpa era tão clara e esmagadora que inventar desculpas não fazia nenhum sentido.

O policial sabia disso. "Você tem consciência", perguntou, "de que é um crime..."

"Sim", respondi. "Eu sei. Sou culpado. Estou consciente disso. Eu sabia que era um crime, mas não me importei." Dei de ombros. "Merda, por que discutir? Sou um criminoso, porra."

"Que comportamento estranho", ele comentou.

Encarei o policial, notando pela primeira vez que estava lidando com um cara jovem, de uns trinta anos, com olhos bem vivos. Parecia gostar do trabalho.

"Sabe", ele continuou, "acho que seria bom você tirar uma soneca." Ergueu o queixo. "Bem ali tem uma área de descanso. Que tal estacionar por lá e dormir algumas horas?"

Entendi de imediato o que ele estava me dizendo, mas por algum motivo insano sacudi a cabeça. "Uma soneca não vai adiantar", admiti. "Estou acordado há muito tempo – três ou quatro noites; nem lembro mais. Se dormir agora, vou capotar por umas vinte horas."

Deus do céu, pensei. O que eu tinha acabado de dizer? Esse filho da puta está tentando ser compreensivo; poderia me levar direto para a cadeia, mas em vez disso está sugerindo que eu tire uma porra duma soneca. Pelo amor de Jesus Cristo, *concorde* com ele: Sim, seu guarda, *é claro* que vou usar a área de descanso. E nem sei dizer o quanto estou *grato* por essa chance que você está me dando...

Mas não... eu insistia em dizer que, caso fosse liberado, continuaria voando até Los Angeles. Sim, era verdade, mas *por que dizer* isso? Não é o momento para uma coisa dessas. Este é o Vale da Morte... controle-se.

É claro. Controlar-se. "Olha", falei. "Eu estava em Las Vegas, cobrindo a Mint 400." Apontei para o adesivo do "Estacionamento VIP" no para-brisa. "Incrível", continuei. "Dois dias com todas aquelas motos e buggies correndo pelo deserto. Você já assistiu?"

O policial sorriu, sacudindo a cabeça com um ar melancólico de compreensão. Dava para ver que estava pensando. Será que eu era perigoso? Será que ele estava pronto para a situação desagradável e demorada que certamente viria à tona caso resolvesse me prender? Quantas horas de folga teria que perder no tribunal, esperando para testemunhar contra mim? Que tipo de monstro apareceria para ser meu advogado?

Eu sabia, mas e ele?

"Certo", falou enfim. "Presta atenção. Aqui no meu registro vai constar que abordei você ao meio-dia... por dirigir acima da velocidade permitida, e... entreguei esta advertência por escrito" – estendeu a advertência para mim – "determinando que você não ultrapasse a próxima área de descanso... ela é seu novo destino, correto? Seus planos são tirar uma longa soneca por lá..." Pendurou o bloco de multas no cinto. "Fui claro?", perguntou enquanto se afastava.

Dei de ombros. "Baker fica muito longe? Estava pensando em almoçar por lá."

"É fora da minha jurisdição", respondeu o policial. "Os limites do município ficam a uns três quilômetros e meio da área de descanso. Consegue chegar lá?" Abriu um sorriso enorme.

"Vou tentar", falei. "Quero visitar Baker há um tempão. Ouvi falar muito de lá."

"Frutos do mar excelentes", comentou. "Pelo seu tipo, acho que vai gostar do caranguejo. Recomendo o restaurante Majestic."

Sacudi a cabeça e voltei para o carro, me sentindo estuprado. O porco tinha me atacado por todos os lados e agora estava se afastando para dar boas risadas – encostado na saída oeste da cidade, esperando que eu tentasse fugir para Los Angeles.

Voltei para a estrada e passei direto pela área de descanso para chegar à intersecção que levava direto a Baker. Quando me aproximei do retorno, eu vi... Jesus do céu. Era o carona, o garoto que tínhamos aterrorizado na viagem para Las Vegas. Nossos olhos se encontraram quando desacelerei para fazer a curva. Senti vontade de acenar, mas quando o vi baixar o polegar pensei não, não é a hora... Só Deus sabe o que esse garoto falou de nós quando conseguiu voltar à cidade.

Acelerar. Sair de vista imediatamente. Como eu podia ter certeza de que ele tinha me reconhecido? Mas o carro era inconfundível. E que outro motivo ele teria para se afastar da estrada?

De uma hora para outra, eu tinha dois inimigos *pessoais* naquele fim de mundo. Se eu tentasse seguir viagem até Los Angeles, a polícia rodoviária certamente tentaria me prender. Se eu ficasse, o filho da puta do garoto/carona promoveria uma caçada a mim. (Pela madrugada, Sam! É ele, sim! É o cara da *história* que o garoto contou! Ele tá de volta!)

Eram duas opções terríveis – e se aqueles predadores caipiras descobrissem minha situação... e descobririam; numa cidade tão pequena, era inevitável... isso acabaria comigo de vez. Eu precisaria de muita sorte para sair vivo. Uma bola de alcatrão coberta de penas arrastada para o ônibus da prisão por nativos furiosos...

Era isso: a Crise. Corri pela cidade e encontrei uma cabine telefônica perto da saída norte, entre um posto Sinclair e... sim... o restaurante Majestic. Telefonei a cobrar para o meu advogado, em Malibu. Ele atendeu na hora.

"Eles me pegaram!", berrei. "Estou preso em Baker, um cu de mundo no meio do deserto! Não tenho muito tempo. Os escrotos estão fechando o cerco."

"Quem?", ele quis saber. "Você parece meio paranoico."

"Seu filho da puta!", gritei. "Primeiro fui apanhado pela PRC, depois *aquele* garoto me viu! Preciso de um advogado *agora mesmo*!"

"O que você tá fazendo em Baker?", ele perguntou. "Não recebeu meu telegrama?"

"Hein? Que se foda o telegrama. Estou em *apuros*."

"Você deveria estar em Vegas", ele insistiu. "Temos uma suíte no Flamingo. Eu tava saindo agora mesmo pro aeroporto..."

Desabei na cabine. Era horrível demais. Ali estava eu, telefonando para o meu advogado num terrível momento de crise, e o idiota estava completamente drogado – parecia um maldito vegetal! "Seu desgraçado inútil", grunhi. "Vou botar no seu rabo! Toda aquela merda no carro é *sua*! Está entendendo? Quando eu terminar meu depoimento, você vai *perder sua licença*!"

"Seu escroto descerebrado!", ele berrou. "Eu mandei um telegrama pra você! Você precisa cobrir a Conferência Nacional dos Promotores Públicos! Fiz todas as reservas... aluguei um Cadillac branco conversível... tá tudo *armado*! Que porra você tá fazendo no meio do deserto, caralho?"

De repente, lembrei. Sim. O telegrama. Tudo ficou muito claro. Minha mente se acalmou. Enxerguei a coisa toda num instante. "Esquece", falei. "É brincadeira. Na verdade, estou na piscina do Flamingo. Usando um telefone portátil. Um anão trouxe do cassino pra mim. Tenho crédito total! Está entendendo?" Eu ofegava, me sentindo totalmente louco, transpirando ao telefone.

"Não chega nem perto deste lugar!", berrei. "Estrangeiros não são bem-vindos por aqui."

Desliguei e voltei para o carro. Bem, pensei, é assim que o mundo funciona. Toda energia flui de acordo com os caprichos do Grande Ímã. Fui idiota ao desafiá-lo. Ele sabia. Sabia o tempo todo. Foi Ele quem me atirou em Baker. Como fui longe demais, Ele me pegou... fechou todas as minhas rotas de fuga, me enrolou com a PRC e depois com esse maldito garoto-fantasma... me encheu de medo e confusão.

Nunca aborreça o Grande Ímã. Agora compreendo... e essa compreensão foi acompanhada por um alívio quase supremo. Sim, eu voltaria a Las Vegas. Enganaria o Garoto e confundiria a PRC *voltando* para o leste ao invés de seguir para oeste. Seria a jogada mais esperta de toda a minha vida. Voltar para Vegas e me inscrever para a conferência sobre Drogas e Entorpecentes; eu e milhares de porcos. E por que não? Misture-se a eles, confie em si mesmo. Registre-se no Flamingo e exija imediatamente o Cadillac branco. Faça as coisas direito; lembre-se de Horatio Alger...

Olhei para a estrada e vi uma imensa placa vermelha anunciando CERVEJA. Maravilha. Deixei o Tubarão ao lado da cabine telefônica, cruzei a rodovia e entrei no armazém de implementos agrícolas. Um judeu surgiu por trás de uma pilha de rodas dentadas e perguntou o que eu queria.

"Ballantine Ale", respondi... uma bebida mística, desconhecida entre Newark e San Francisco.

Ele a serviu, estupidamente gelada.

Relaxei. De uma hora para outra, tudo corria bem; finalmente eu estava tendo uma folga.

O garçom se aproximou, sorrindo. "Pra onde cê vai, meu jovem?"

"Las Vegas", respondi.

Ele sorriu. "Vegas. Grande cidade. Cê vai ter sorte por lá. Vai, sim. Cê é do tipo sortudo."

"Eu sei", falei. "Sou Triplo Escorpião."

Ele pareceu satisfeito. "Uma ótima combinação", disse. "Não perde nunca."

Dei risada. "Não se preocupe", falei. "Na verdade, sou o promotor público do condado de Ignoto. Sou apenas outro bom americano, como você."

O sorriso dele sumiu. Será que tinha entendido? Não havia como saber. Mas não importava. Eu estava voltando para Vegas. Não tinha escolha.

PARTE DOIS

Parei para conferir a sacola de drogas a uns trinta quilômetros ao leste de Baker. Debaixo daquele sol escaldante, eu sentia vontade de matar alguma coisa. Qualquer coisa. Até mesmo um lagarto. Perfurar o filho da puta. Tirei do porta-malas o 357 do meu advogado e girei o tambor. Estava carregado: projéteis compridos e destruidores, com ponta folheada a ouro asteca – dez gramas e uma bela trajetória em linha reta. Buzinei algumas vezes na esperança de atrair um iguana. Queria desentocar os safados. Estavam por ali, eu sabia, no meio daquele maldito oceano de cactos – bem escondidinhos, quase sem respirar. Todos cheios de veneno mortal. Escrotos.

Três rápidas explosões me desequilibraram. Três estouros ensurdecedores do 357 na minha mão direita. Jesus! Atirando em nada, sem motivo nenhum. Demência completa. Joguei a arma no banco da frente do Tubarão e encarei a rodovia, nervoso. Não havia nenhum carro; a estrada estava vazia por três ou quatro quilômetros em ambas as direções.

Que sorte. Não seria *nada bom* ser encontrado no deserto naquelas circunstâncias: atirando num cacto como um débil mental, dentro de um carro cheio de drogas. E seria *especialmente* ruim agora que estou fugindo da polícia rodoviária.

Perguntas constrangedoras viriam à tona: "Bem, senhor... ah... Duke; como imagino que saiba, é *ilegal* disparar qualquer tipo de arma de fogo numa rodovia federal".

"O quê? Mesmo em autodefesa? É que essa arma tem o *gatilho solto*, seu guarda. Na verdade eu só quis atirar *uma* vez – queria dar um susto nos safados."

Depois de me encarar por um bom tempo, ele falaria bem devagar: "O senhor está dizendo que... foi *atacado* na rodovia?".

"Bem... não... não literalmente, caro policial, mas seriamente *ameaçado*. Parei pra mijar e assim que pisei fora do carro fui cercado por esses saquinhos de veneno imundos. São rápidos como *gordo em pau de sebo*!"

Será que acreditariam nessa história?

Não. Eu seria preso e em seguida revistariam o carro – e quando isso acontecesse a tragédia estaria completa. Nunca acreditariam que as drogas eram necessárias ao meu trabalho; que na verdade eu era um jornalista profissional a caminho de Las Vegas para cobrir a Conferência Nacional dos Promotores Públicos sobre Entorpecentes e Drogas Perigosas.

"São amostras, seu guarda. Arranjei com um sujeito da Igreja Neoamericana em Barstow. Ele começou a falar umas coisas esquisitas, aí entendi tudo."

Será que acreditariam nisso?

Não. Eu seria trancado numa cadeia imunda e seria golpeado nos rins com pedaços de pau – e passaria os anos seguintes mijando sangue...

Por sorte, ninguém me incomodou enquanto eu revistava o conteúdo da sacola de drogas. Era lamentável. Coisas esmagadas, misturadas, espalhadas pelo interior da sacola. Algumas das bolinhas de mescalina tinham se desintegrado até formar uma poeira marrom-avermelhada, mas consegui encontrar umas 35 ou 40 ainda intactas. Meu advogado tomou todas as vermelhas, mas ainda tinha sobrado um pouco de anfetamina... a maconha tinha acabado e o potinho de cocaína estava vazio... também havia sobrado uma folha de ácido, um belo pedaço de haxixe e seis amilas soltas... Não dava para fazer nada sério com aquilo, mas se a mescalina fosse racionada com cuidado poderia durar pelos quatro dias da conferência.

Nos arredores de Vegas, parei numa farmácia/vendinha e comprei dois litros de tequila Gold, duas garrafas de Chivas Regal e meio litro de éter. Senti vontade de pedir algumas amilas. Minha *angina pectoris* estava dando sinais de vida. Mas o balconista tinha olhos de batista histérico. Argumentei que precisava do éter para limpar o esparadrapo das minhas pernas, mas quando acabei de falar ele já tinha até colocado o negócio na sacola. Estava pouco se fodendo para o éter.

Fiquei pensando no que ele diria se eu pedisse 22 dólares de xarope Romilar e um cilindro de óxido nitroso. Talvez até vendesse. E por que não? Livre-Iniciativa... dê ao público o que ele precisa. Especialmente a este sujeito suado e de voz nervosa, cheio de esparadrapos nas pernas e uma tosse horrível – além de *angina pectoris* e indícios de aneurisma sempre que exposto à luz do sol. *Mas tô dizendo, seu guarda,* o *cara tava na pior. Como diabos eu podia imaginar que ele ia direto pro carro e começar a abusar das drogas*?

De fato, como? Fiquei parado algum tempo na frente das revistas, mas logo me controlei e voltei para o carro. Ficar alucinado de gás hilariante no meio de uma conferência de promotores públicos sobre drogas era uma ideia que tinha lá seu apelo perverso. Mas não logo no *primeiro dia*, refleti. Melhor deixar isso para depois. Ser preso antes mesmo do início da conferência não faria nenhum sentido.

Roubei um jornal de uma banquinha no estacionamento, mas joguei longe ao ler uma notícia na primeira página.

CIRURGIA COM RESULTADOS
INCERTOS APÓS REMOÇÃO DE OLHOS

BALTIMORE (UPI) – Na última sexta-feira, os médicos afirmaram não ter certeza se uma cirurgia seria capaz de restaurar a visão de um jovem que arrancou os próprios olhos na cadeia, sob efeito de uma dose maciça de drogas.

Charles Innes Jr., 25, foi operado na última quinta-feira no Hospital Geral de Maryland, mas os médicos afirmaram que ainda levará semanas para se analisar o resultado.

De acordo com um relatório divulgado pelo hospital, “antes da cirurgia Innes não possuía percepção de luz em nenhum dos olhos, e a chance de recuperá-la algum dia é bastante remota".

Innes, filho de um notório republicano de Massachusetts, foi encontrado em sua cela na última quinta-feira pelo carcereiro. Foi ele o primeiro a notar que o detento tinha arrancado os próprios globos oculares.

Innes foi preso na noite de quarta-feira enquanto caminhava nu por um bairro vizinho ao que residia. Foi examinado na Santa Casa de Misericórdia e depois encaminhado para uma cela. De acordo com a polícia e um amigo, Innes tomou uma overdose de tranquilizante para animais. Segundo a polícia, a droga é conhecida como PCP. Produzida pela Parke-Davis, não é mais vendida para uso em humanos desde 1963. Um porta-voz da empresa, porém, declarou que talvez seja possível obter a droga no mercado negro.

Ainda de acordo com o porta-voz, os efeitos do PCP duram entre doze e catorze horas se a droga for ingerida sozinha. No entanto, caso seja combinado com alucinógenos como o LSD, o PCP pode causar efeitos ainda desconhecidos.

No último sábado, dia seguinte à primeira vez em que consumiu a droga, Innes comentou com um vizinho que não conseguia ler e que seus olhos o estavam incomodando. Na noite de quarta-feira, de acordo com a polícia, Innes parecia encontrar-se num estado de depressão profunda e tão insensível à dor que não gritou ao arrancar os próprios olhos.

2.

Outro dia, outro conversível... & outro hotel cheio de policiais

A primeira providência a ser tomada era se livrar do Tubarão Vermelho. Aquele carro era chamativo demais. Podia ser reconhecido por muita gente, especialmente pela polícia de Vegas – ainda que, para todos os efeitos, eles imaginassem que o carro já havia voltado para Los Angeles. Tinha sido visto pela última vez correndo a toda velocidade pelo Vale da Morte, na rodovia interestadual 15. Foi parado e advertido em Baker pela Polícia Rodoviária da Califórnia... e então sumiu de repente...

Senti que o último lugar em que o procurariam seria no estacionamento de uma locadora de automóveis no aeroporto. De qualquer modo, eu precisava mesmo ir até lá para encontrar meu advogado. Ele chegaria de Los Angeles no final da tarde.

Dirigi tranquilamente pela rodovia, controlando meu instinto habitual, que exigia aceleradas súbitas e trocas repentinas de pista – tentando manter a discrição. Quando cheguei ao aeroporto, deixei o Tubarão entre dois velhos ônibus da Aeronáutica, num "estacionamento de serviço" a quase um quilômetro do terminal. Eram ônibus bem altos. Isso dificultaria as coisas para os filhos da puta, e caminhar um pouco nunca fez mal a ninguém.

Quando cheguei ao terminal, estava me desfazendo em suor. Mas isso não era nada anormal. Costumo suar bastante em climas quentes. Minhas roupas ficam ensopadas do raiar do dia até o pôr do sol. No começo isso me preocupou, mas, quando fui a um médico e descrevi meu consumo diário normal de bebida, drogas e venenos, ele me mandou voltar ao consultório quando *parasse* de suar. Alertou que isso indicaria perigo – um sinal de que o sistema de resfriamento do meu corpo, terrivelmente sobrecarregado, tinha se desmantelado de vez. "Tenho muita fé nos processos naturais", explicou. "Mas no seu caso... bem... não encontro precedentes. Será preciso esperar para ver o que acontece, e então trabalhar com o que restar."

Passei umas duas horas no bar, tomando *bloody marys* pelo valor nutricional do suco de tomate e acompanhando os voos de Los Angeles. Fazia vinte horas que eu não comia nada além de toranjas. Minha cabeça estava voando solta.

Melhor tomar cuidado, pensei. *Existem limites* para a resistência do corpo humano. Ninguém quer ter um colapso e começar a sangrar pelas orelhas no meio do aeroporto. Não nesta cidade. Em Las Vegas, eles *matam* os fracos e degenerados.

Quando me dei conta disso, fiquei imóvel mesmo após ter a impressão de que começaria a suar sangue. Mas isso logo passou. Vi que as garçonetes estavam ficando nervosas e fiz um esforço para levantar. Caminhei com dificuldades para longe do balcão. Nem sinal do meu advogado.

Fui até o posto de atendimento da locadora de automóveis VIP, onde troquei o Tubarão Vermelho pelo Cadillac Branco Conversível. "Esse Chevy maldito só me deu problemas", reclamei. "Todo mundo tira sarro de mim – especialmente em postos de gasolina, quando preciso sair e abaixar a capota *manualmente*."

"Bem... *é claro*", disse o balconista. "Acho que o senhor precisa de um dos nossos Mercedes 600 com ar-condicionado. Se desejar, pode até mesmo levar seu próprio combustível; oferecemos essa opção..."

"E por acaso eu pareço um nazista, porra?", protestei. "Quero um autêntico carro *americano* ou nada feito!"

Mandaram buscar o Coupe de Ville branco imediatamente. Tudo era automático. Eu podia sentar no banco do motorista, forrado de couro vermelho, e fazer o carro inteiro *pular* apertando os botões corretos. Uma máquina sensacional, dez mil dólares de truques e efeitos especiais caríssimos. Bastava um toque para as janelas de trás pularem como rãs num lago onde fizeram uma explosão com dinamite. A capota de lona branca subia e descia como uma montanha-russa. O painel era cheio de luzes & mostradores & medidores esotéricos que eu nunca seria capaz de entender – mas eu não tinha dúvidas de que estava na presença de uma *máquina superior*.

O Cadillac não arrancava tão rápido quanto o Tubarão Vermelho, mas assim que pegava embalo – lá pelos 120 – virava um demônio... deslizar pelo deserto a bordo daquela massa bruta elegante e acolchoada era como rasgar a madrugada num trem expresso *California Zephyr*.

Fiz a transação inteira com um cartão de crédito que mais tarde descobri estar "cancelado" – não servia para nada. Mas, como isso ainda não estava registrado no Grande Computador, eu ainda podia gastar à vontade.

Mais tarde, ao relembrar essa transação, tive *certeza* de como foi a conversa:

"Alô. Aqui é da locadora de automóveis VIP, em Las Vegas. Estou ligando para conferir o número 875-045-616-B. É apenas uma conferência de rotina, nada urgente..."

(Longa pausa no outro lado da linha. Então:) "Puta merda!"

"Como?"

"Desculpe... sim, temos esse número em registro. Está na lista de emergência. Ligue agora mesmo para a polícia e não deixe ele sair de vista!"

(Outra longa pausa) "Hmm... hã... veja bem, no momento esse número não se encontra em *nossa* lista de emergência, e... hã... o número 875-045-616-B acaba de sair de nosso estacionamento com um Cadillac conversível novinho."

"Não!"

"Sim. Saiu há muito tempo; com seguro total."

"Para onde ele foi?"

"Acho que ele disse St. Louis. Sim, é o que diz o cartão. Raoul Duke, batedor campeão & estrela dos Browns de St. Louis. Cinco dias a 25 dólares cada um, mais 25 centavos por quilômetro rodado. Como era um cartão válido, é óbvio que não tivemos escolha...".

E é verdade. Como meu cartão era tecnicamente válido, a locadora de automóveis não tinha nenhum motivo legal para me encher o saco. Nos quatro dias seguintes dirigi aquele carro por toda Las Vegas – cheguei até a passar várias vezes pela sede da locadora VIP na Paradise Boulevard – e em nenhum momento alguém me aborreceu com grosserias.

Essa é uma das marcas inconfundíveis da hospitalidade de Vegas. Só existe uma regra sagrada: *Não Sacaneie os Nativos.* Tirando isso, ninguém se importa. Preferem nem saber. Se Charlie Manson se registrasse no Sahara amanhã de manhã e desse boas gorjetas, ninguém o aborreceria.

Depois que aluguei o carro fui direto para o hotel. Como ainda não havia nenhum sinal do meu advogado, decidi me registrar sozinho – ao menos para sair da rua e evitar um colapso em público. Deixei a Baleia num estacionamento da VIP e tropecei meio encabulado até o saguão, carregando uma pequena sacola de couro – uma bolsa personalizada, feita à mão por um amigo de Boulder, artesão em couro.

Nosso quarto ficava no Flamingo, no centro nervoso da Strip: em frente ao Caesar's Palace e ao Dunes – local da Conferência sobre Drogas. A maioria dos participantes estava no Dunes, mas quem teve a elegância de se inscrever na última hora foi colocado no Flamingo.

O lugar estava cheio de policiais. Percebi assim que entrei. A maioria deles só estava parada por ali, tentando agir com naturalidade. Todos estavam vestidos exatamente da mesma forma, com uma espécie de uniforme informal para Las Vegas: camisas de golfe Arnie Palmer e bermudas xadrez, exibindo pernas brancas e lisas que terminavam em "sandálias de praia" emborrachadas. Era uma cena aterrorizante – parecia algum tipo de supertocaia. Minha mente teria explodido se eu não soubesse da conferência. Parecia que a qualquer momento alguém seria fuzilado numa troca de tiros violenta – talvez a Família Manson inteira.

Não cheguei num bom momento. Quase todos os promotores públicos e agentes policiais já haviam se registrado. Essa gente ocupava o saguão inteiro, encarando com suas carrancas todos os que entravam. Aquilo que parecia a Tocaia Suprema não passava de uns duzentos policiais em férias, sem nada melhor para fazer. Nem notavam a presença dos outros.

Cheguei com dificuldades ao balcão e entrei na fila. Um chefe de polícia de alguma cidadezinha de Michigan estava na minha frente. Sua esposa, que parecia o Spiro Agnew, estava parada à sua direita, a quase um metro de distância. Ele discutia com o recepcionista: "Olha só, camarada – *já falei* que tenho aqui um cartão-postal dizendo que tenho *reservas* neste hotel. Estou na Conferência dos Promotores Públicos, ora! *Já paguei* pelo meu quarto".

"Desculpe, mas o senhor está na 'lista de atrasados'. Suas reservas foram transferidas para o... hã... motel Moonlight, também localizado na Paradise Boulevard. Oferece ótimas acomodações e fica a apenas dezesseis quarteirões daqui, com piscina e..."

"Seu veadinho inútil! Cadê o gerente? Cansei de ouvir essa merda!"

O gerente apareceu, oferecendo um táxi. Estava claro que aquele era o segundo, talvez o terceiro ato de um drama cruel que começou bem antes da minha chegada. A esposa do chefe de polícia estava chorando; o grupo de amigos que ele tinha arrebanhado para ajudar estava constrangido demais para lhe dar qualquer apoio – mesmo com aquele duelo acontecendo no balcão, com o policial furioso dando seu último e melhor disparo. Eles sabiam que seu colega havia sido derrotado; ele estava indo contra as REGRAS, e as pessoas contratadas para fazer essas regras serem cumpridas diziam que não havia vagas.

Depois de dez minutos na fila atrás desse escroto barulhento e seus amigos, senti a bile subir. Onde aquele sujeito – *um policial*! – tinha arrumado coragem para discutir com alguém sobre Direitos & Razão? Eu já estive *nas mãos* desses animais de carga – e senti que o mesmo poderia ser dito sobre o recepcionista. Ele tinha o ar de alguém que já foi maltratado por um bom número de policiais cruéis, obcecados por regras...

Estava aproveitando a chance de se guiar pelo mesmo raciocínio: não importa quem tá certo ou errado, cara... ou quem pagou a conta & quem não pagou... o que importa é que pela primeira vez na minha vida eu posso descer a lenha num porco: "Vá se foder, *seu guarda*, quem manda aqui sou eu e tô dizendo que não tem vaga pra você".

Eu estava apreciando aquela vingança. Mas depois de algum tempo comecei a ficar tonto, muito nervoso, e a impaciência venceu o divertimento. Passei na frente do Porco e me dirigi ao recepcionista. "Oi, desculpa atrapalhar, mas tenho uma reserva e gostaria de saber se posso resolver isso rapidinho e desaparecer da sua frente." Sorri, deixando bem claro que entendia sua jogada com o policial – que por sua vez estava psicologicamente abalado e me encarava como se eu fosse uma ratazana gigante que tivesse escalado o balcão.

Minha aparência era terrível: calças Levi's velhas, tênis All Star brancos modelo Chuck Taylor... e minha camisa de Acapulco comprada por dez pesos, que o vento da estrada já havia descosturado no ombro. Estava com uma barba de três dias, parecendo um bêbado de rua, e meus olhos estavam ocultos por trás das lentes espelhadas dos óculos modelo Saigon da Sandy Bull.

Mas o tom da minha voz indicava um homem que *sabia* ter uma reserva. Eu contava com a eficiência do meu advogado... mas não podia deixar passar a oportunidade de sacanear um policial... e estava certo. Havia uma reserva em nome do meu advogado. O recepcionista tocou a sineta para chamar o carregador. "No momento só tenho essa bagagem comigo", expliquei. "O resto está ali fora, naquele Cadillac branco conversível." Apontei para o carro, estacionado bem em frente ao hotel. "Pode pedir que o levem para perto do meu quarto?"

O recepcionista era bem simpático. "O senhor não precisa se preocupar. Aproveite sua estadia – e ligue para a recepção se precisar de alguma coisa."

Assenti com a cabeça e sorri, espiando com o canto de olho a reação do grupo de policiais ao meu lado. Estavam mudos de choque. Ali estavam eles, usando todas as suas armas para lutar por um quarto pelo qual *já tinham pagado* – e de repente a situação toda é desmantelada pela aparição súbita de um porcalhão que parecia ter saído de uma selva de mendigos do norte de Michigan. E ele se registrou usando um punhado de *cartões de crédito*! Jesus! O que está havendo com esse mundo?

3.

Lucy transtornada... "Dentes de bolas de beisebol, olhos de fogo coagulado"

Entreguei minha sacola para o garoto que apareceu correndo. Pedi que trouxesse um litro de Wild Turkey, duas garrafas de Bacardi Añejo e gelo suficiente para uma noite.

Nosso quarto ficava numa das alas mais afastadas do Flamingo. O lugar é bem mais que um hotel: é uma espécie de Playboy Club imenso e com menos verba, bem no meio do deserto. Tem umas nove alas separadas, interligadas por rampas e piscinas – um vasto complexo entrecortado por plataformas e acessos para carros. Levei uns vinte minutos para caminhar da recepção à ala distante onde tínhamos sido colocados.

Minha intenção era entrar no quarto, receber a bebida e a bagagem, e fumar o que tinha sobrado do haxixe vendo Walter Cronkite e esperando meu advogado chegar. Eu precisava daquela folga, daquele momento de paz e tranquilidade, antes de passar à Conferência sobre Drogas. Seria algo bem diferente da Mint 400. Na corrida eu agi como *observador*, mas a conferência exigiria *participação* – e uma postura muito especial. Na Mint 400 estávamos cercados por uma multidão de gente simpática, e se nosso comportamento foi grotesco e escandaloso... bem, havia criaturas muito piores.

Mas desta vez nossa *simples presença* seria um escândalo. Participaríamos da conferência sob falsos pretextos, lidando desde o início com um grupo de pessoas que se reunia com o propósito explícito de botar na cadeia pessoas como nós. Éramos a *ameaça* – usuários descarados de drogas, sem disfarce, com intenções nítidas de ir até o fim em seu plano de armar algo muito demente... sem nenhuma intenção de provar qualquer argumento definitivo ou sociológico, e nem mesmo rir da coisa toda: era antes de mais nada uma questão de estilo de vida, uma obrigação, até mesmo um senso de dever. Se os Porcos estavam se reunindo em Las Vegas para uma importante Conferência sobre Drogas, nada mais justo que a cultura das drogas mandasse representantes.

Além disso, eu já estava alucinado havia tanto tempo que uma coisa dessas me parecia perfeitamente lógica. Considerando as circunstâncias, eu estava totalmente em sintonia com meu carma.

Ou pelo menos era o que eu sentia até chegar à imensa porta cinzenta que dava acesso à minissuíte 1.150 naquela ala distante. Enfiei a chave na fechadura e abri a porta, pensando "Um lar, até que enfim!"... mas a porta *bateu* em alguma coisa que reconheci de imediato como uma forma humana. Era uma garota de idade indeterminada, com o rosto e a forma de um pitbull. Usava uma bata azul muito larga e parecia furiosa...

De algum modo eu sabia que era o quarto certo. Queria estar enganado, mas as vibrações eram inconfundíveis... e ela também parecia saber disso, porque não fez nada para tentar me impedir quando a ultrapassei para entrar na suíte. Atirei minha sacola de couro numa das camas e olhei ao meu redor em busca de algo que eu tinha certeza que encontraria... meu advogado... peladão diante da porta do banheiro, com um sorriso drogado no rosto.

"Seu porco degenerado", resmunguei.

"Não teve jeito", ele respondeu, indicando a garota-buldogue com a cabeça. "Essa é a Lucy." Deu risada, viajando. "Como em 'Lucy in the Sky with Diamonds', sabe..."

Olhei para Lucy, que me encarava com veneno nos olhos. Estava claro que eu era algum tipo inimigo, um terrível intruso naquela situação... e pelo jeito que ela se movia pelo quarto, com passos rápidos e tensos, notei que estava me analisando. Estava pronta para usar de violência, não restava dúvida. Até meu advogado percebeu .

"Lucy!", gritou. "Lucy! Calma, porra! Lembra do que aconteceu no aeroporto... chega daquilo, certo?" Sorriu para a garota, nervoso. Ela parecia um animal selvagem jogado numa arena coberta de serragem para lutar pela sobrevivência...

"Lucy... esse aqui é o *meu cliente*; é o senhor Duke, o famoso jornalista. Ele *tá pagando* por esta suíte, Lucy. Tá do *nosso* lado."

Ela não disse nada. Notei que não estava em perfeito controle de si mesma. Tinha ombros enormes e um queixo que lembrava Oscar Bonavena. Sentei na cama e, como quem não quer nada, enfiei a mão na sacola em busca do spray de pimenta... ao sentir o polegar encostando na válvula tive vontade de puxar a lata para fora e dar um banho de pimenta na garota. Só para deixar as coisas claras. Eu precisava desesperadamente de *paz*, descanso, refúgio. Um combate mortal no meu próprio quarto de hotel contra algum tipo de abominação hormonal alucinada por drogas era a última coisa que eu queria.

Meu advogado pareceu entender; sabia por que minha mão estava na sacola.

"Não!", gritou. "Aqui, não! Senão vamos ter que ir embora."

Dei de ombros. Ele estava viajando. Dava para ver. Lucy também. Seus olhos estavam febris, enlouquecidos. Me encarava como se eu fosse algo que precisava ser neutralizado para que a vida voltasse ao que ela considerava normal.

Meu advogado se aproximou devagar e encostou as mãos nos ombros dela. "O senhor Duke é meu *amigo*", falou, com a voz calma. "Ele adora artistas. Vamos mostrar suas pinturas."

Pela primeira vez notei que o quarto estava cheio de quadros – uns quarenta, talvez cinquenta retratos. Alguns a óleo, outros em carvão, todos mais ou menos do mesmo tamanho, mostrando o mesmo rosto.

Estavam apoiados sobre todas as superfícies planas. Era um rosto vagamente familiar, mas eu não conseguia reconhecer. Uma garota de boca grande, nariz avantajado e olhos muito brilhantes – um rosto demoníaco e sensual; era o tipo de retrato exagerado, de dramaticidade constrangedora, muito comum em quartos de jovens estudantes de arte apaixonadas por cavalos.

"Lucy pinta retratos de Barbra Streisand", explicou meu advogado. "É uma artista de Montana..." Olhou para a garota. "Onde é que você mora mesmo?"

Ela encarou meu advogado, depois me olhou e voltou a encará-lo. Enfim respondeu: "Kalispell. Bem no norte. Desenhei isso aqui olhando pra tevê".

Meu advogado moveu a cabeça, empolgado. "Fantástico", disse. "Ela veio até aqui só pra dar todos esses retratos pra Barbra. Hoje à noite vamos ao hotel Americana pra encontrar a Barbra no camarim."

Lucy sorriu, tímida. Os sinais de hostilidade haviam sumido. Larguei o spray e me levantei. Estávamos com um caso sério nas mãos, era óbvio. Com essa eu não tinha contado: encontrar meu advogado louco de ácido, envolvido num jogo de sedução com uma anormal.

"Bem", falei. "Acho que o carro já deve estar lá fora. Vamos tirar as coisas do porta-malas."

Meu advogado concordou, afobado. "Claro, vamos pegar os troços." Sorriu para Lucy. "A gente já volta. Se o telefone tocar, não atenda."

Lucy abriu um sorriso enorme e ergueu um dedo, fazendo o sinal dos *Jesus Freaks.* "Deus te abençoe", falou.

Saímos do quarto depois que meu advogado vestiu calças pata de elefante e uma camisa preta lustrosa. Percebi que ele estava com dificuldades para se orientar, mas me recusei a oferecer ajuda.

"Bem...", comecei. "Quais são seus planos?"

"Planos?"

Estávamos esperando o elevador.

"Lucy", insisti.

Ele balançou a cabeça, tentando se concentrar.

"Merda", falou enfim. "Encontrei ela no avião, quando tava cheio de ácido." Encolheu os ombros. "Aqueles cilindros azuis, sabe? Jesus, ela é uma *fanática religiosa.* Tá fugindo de casa pela quinta vez em seis meses, algo assim. Uma coisa horrível. Dei a droga pra ela antes de me dar conta... puta merda, ela nunca tinha nem *bebido*!"

Ralph STEADman
Drugs: LAS VEGAS

"Bem", respondi. "Acho que a gente dá um jeito. Se mantivermos ela drogada, podemos leiloar o rabo dela na convenção."

Meu advogado me encarou.

"Lucy seria perfeita para isso", continuei. "Esses policiais pagariam cinquenta dólares por cabeça pra encher ela de porrada e depois fazer uma suruba. A gente podia deixar a Lucy num desses motéis de quinta, pendurar retratos de Jesus por todo lado e soltar os porcos em cima dela... Porra, ela é forte; aguenta fácil."

O rosto do meu advogado não parava de tremer. Estávamos dentro do elevador, descendo até o saguão. "Jesus Cristo", balbuciou. "Eu sabia que você era doente, mas nunca imaginei que ia ouvir *você dizendo* uma coisa dessas."

Ele parecia chocado.

Dei risada. "Questões econômicas, nada mais. Essa garota é um *presente de Deus*!" Abri um belo sorriso no estilo Bogart, mostrando todos os dentes... "Porra, nós estamos quase falidos! E aí você me aparece com uma louca musculosa que pode render uns mil por dia."

"Não!", ele gritou. "*Para* com isso!" A porta do elevador se abriu e caminhamos na direção do estacionamento.

"Acho que ela aguenta uns quatro ao mesmo tempo", insisti. "Olha, se ela ficar sempre louca de ácido, pode render uns dois *mil* por dia; até três."

"Pervertido de merda!", gritou meu advogado. "Eu devia decepar sua cabeça!" Por causa do sol, apertava os olhos para me encarar. Avistei a Baleia a uns quinze metros da porta. "Ali está", falei. "Nada mal prum carro de cafetão..."

Ele gemeu. Seu rosto refletia a luta travada pelo cérebro contra alucinações de ácido esporádicas: ondas malignas, intensas e dolorosas, seguidas por confusão total. Quando abri o porta-malas da Baleia para tirar a bagagem, ele se irritou. "Que porra você tá fazendo?", gritou. "Esse não é o carro da Lucy."

"Eu sei", respondi. "É o *meu* carro. Esta é a *minha* bagagem."

"Sua bagagem o caralho!", berrou. "Não é porque sou um advogado de merda que você pode ficar roubando coisas bem debaixo do meu nariz!" Deu alguns passos para trás. "Qual é o seu *problema*, porra? A gente nunca faria uma coisa dessas."

Após muitas dificuldades, voltamos ao quarto e tentamos ter uma conversa séria com Lucy. Eu me sentia um nazista, mas era necessário. A presença dela não era *correta* – não naquela situação delicada. Já seria ruim o bastante se ela fosse apenas o que parecia ser – uma jovem estranha à beira de um surto psicótico tenebroso – mas eu ficava ainda mais preocupado com a possibilidade de dentro de algumas horas ela estar suficientemente sóbria para ter um ataque de fúria santa inspirado por vagas lembranças de ter sido raptada e seduzida no Aeroporto Internacional de Los Angeles por um samoano cruel que a encheu de bebida e LSD e depois a arrastou para um hotel de Las Vegas, onde penetrou com requintes de selvageria todos os orifícios de seu corpo com um membro pulsante e não circuncidado.

Tive um vislumbre assustador de Lucy invadindo o camarim de Barbra Streisand no Americana e contando essa história horrenda. Seria nosso fim. Depois que nos encontrassem, seríamos castrados antes mesmo de abrirem o inquérito.

Expliquei tudo isso para meu advogado, que estava à beira das lágrimas só de pensar em mandar Lucy embora. Ela seguia completamente surtada. Percebi que a única solução seria levá-la para o mais longe possível do Flamingo antes que ficasse sóbria o bastante para se lembrar de onde estivera e o que tinha acontecido com ela.

Enquanto discutíamos, Lucy estava deitada no pátio, fazendo um esboço a carvão de Barbra Streisand. De memória, desta vez. Mostrava o rosto inteiro, com dentes de bolas de beisebol e olhos de fogo coagulado.

Fiquei nervoso com a intensidade selvagem daquilo tudo. Aquela garota era uma bomba ambulante. Se não tivesse papel para desenhar, só Deus sabe o que estaria fazendo naquele momento com toda aquela energia descontrolada. E o que faria quando ficasse totalmente sóbria, lesse o *Vegas Visitor* e descobrisse, como eu tinha acabado de fazer, que Streisand só entraria em cartaz no Americana dentro de três semanas?

Meu advogado acabou concordando que Lucy precisava sumir. Pesou nessa decisão a chance de ser preso sob o Mann Act. Isso resultaria na perda de sua licença para advogar, arruinando seu ganha-pão. Seria um caso federal muito grave. Especialmente para um samoano descomunal que enfrentaria um júri branco de classe média no sul da Califórnia.

"Podem até dizer que foi sequestro", argumentei. "Aí você vai direto pra câmara de gás, como Chessman. E, mesmo se conseguir ficar *livre*, volta pra Nevada pra ser julgado por Estupro e Sodomia Consensual."

"Não!", ele gritou. "Eu tive *pena* da garota, só quis *ajudar*!"

Sorri. "Fatty Arbuckle disse a mesma coisa, e você sabe muito bem o que fizeram com ele."

"Quem?"

"Esquece", continuei. "Mas tente dizer a um júri que você tentou ajudar essa pobre garota fazendo ela tomar LSD e em seguida a levando pra Las Vegas, onde você ficou nu e pediu a ela que massageasse suas costas."

Ele sacudiu a cabeça, desanimado. "Tem razão. Acho que me queimariam na fogueira... bem ali, no meio do tribunal. Merda, hoje em dia não vale a pena ajudar ninguém..."

Convencemos Lucy a ir até o carro, dizendo que estava na hora de "se encontrar com Barbra". Não foi difícil fazer com que levasse todos os retratos, mas ela não conseguia entender por que meu advogado insistia em também levar suas malas. "Não quero deixar a Barbra constrangida", dizia. "Desse jeito ela vai achar que estou querendo morar com ela."

"Que nada", desconversei... mas foi tudo que consegui dizer. Eu me sentia Martin Bormann em pessoa. O que aconteceria com aquela pobre infeliz depois que nos livrássemos dela? Acabaria presa? Viraria escrava branca? O que o doutor Darwin faria naquelas circunstâncias? (Sobrevivência do... mais *apto*? Qual seria o termo adequado? Será que Darwin tinha considerado a ideia de *inaptidão temporária*, como em "insanidade temporária"? Será que o doutor tinha deixado algum espaço em sua teoria para coisas como o LSD?)

Mas todos esses receios eram apenas teóricos. Lucy era um risco enorme para nossa integridade, potencialmente fatal. Nossa única escolha era largar a infeliz em algum lugar e torcer para que não se lembrasse de porra nenhuma. Só que algumas vítimas do ácido, especialmente os mongoloides, têm uma estranha e *prodigiosa* capacidade de relembrar detalhes insignificantes... e nada mais. Era possível que Lucy vivesse mais dois dias em completa amnésia e então se esquecesse de tudo menos do número do nosso quarto no Flamingo...

Refleti sobre isso... mas a única alternativa era levar a garota para o deserto e fazer os lagartos devorarem seus restos. Eu não estava pronto para isso; parecia meio drástico para nossa situação. Proteger meu advogado – isso era o mais importante. O problema então consistia em encontrar um ponto de equilíbrio. Encaminhar Lucy para um local que não causasse um revertério desastroso em sua mente. De acordo com meu advogado, ela tinha dinheiro. "Pelo menos duzentos dólares", afirmou. "E podemos ligar e fazer uma denúncia pra polícia de Montana, onde ela mora."

Não me parecia uma boa ideia. Na minha opinião, a única coisa pior que deixar Lucy à solta em Las Vegas era entregá-la às "autoridades"... e de qualquer modo isso estava fora de questão. Pelo menos naquele momento. "Que tipo de monstro *é* você, porra?", falei. "Primeiro você sequestra a garota, depois a estupra, e agora quer botar a infeliz na cadeia!"

Meu advogado deu de ombros. "É que acabei de lembrar", falou, "que ela *não tem testemunhas*. Qualquer coisa que ela disser sobre nós não serve pra nada."

"Nós?", perguntei.

Ele me encarou. Dava para notar que estava voltando a si. O ácido estava se esvaindo. Isso significava que a viagem de Lucy também estava chegando ao fim. Hora de cortar o cordão umbilical.

Ela nos esperava no carro. Ouvia o rádio, com um sorriso esquisito no rosto. Estávamos a uns dez metros de distância.

Quem nos visse de longe poderia imaginar que discutíamos sobre quem tinha "direitos sobre a garota". Era uma cena corriqueira nos estacionamentos de Las Vegas.

Por fim decidimos fazer uma reserva para Lucy no Americana. Meu advogado caminhou até o carro e inventou alguma desculpa para descobrir o sobrenome dela. Corri para o quarto e telefonei para o Americana – dizendo que era tio de Lucy e pedindo para que a tratassem com "muita delicadeza", porque era uma artista e poderia parecer meio perturbada. O recepcionista garantiu que ela seria muito bem tratada.

Então a levamos até o aeroporto, dizendo que iríamos trocar a Baleia Branca por um Mercedes 600. Meu advogado a levou até o saguão com todas as suas coisas. Lucy ainda estava delirando e falando coisas sem sentido. Saí com o carro, parei numa esquina e esperei pela volta do meu advogado.

Dez minutos depois ele apareceu e entrou no carro. "Arranca devagar", pediu. "Pra não chamar atenção."

Quando chegamos à Las Vegas Boulevard, ele contou que tinha dado uma nota de dez dólares para um dos taxistas no aeroporto. Pediu que levasse sua "namorada bêbada" até o Americana, onde ela tinha uma reserva. "Falei que não era pra levar ela pra nenhum outro lugar", explicou.

"Acha que vai dar certo?"

Ele balançou a cabeça. "O cara disse que o dinheiro era mais que suficiente pra corrida, e jurou que teria paciência com a garota. Expliquei que eu precisava resolver uns negócios, mas que ia estar no hotel em uma hora – e se a garota não estivesse por lá eu voltaria pro aeroporto e arrancaria os pulmões dele."

"Boa", falei. "Sutilezas não funcionam nesta cidade."

Ele sorriu. "Como seu advogado, recomendo que me conte onde colocou a porra da mescalina."

Parei o carro. A sacola de drogas estava no porta-malas. Meu advogado tirou duas bolinhas de mescalina, uma para cada um de nós. O sol estava se pondo nos morros cobertos de arbustos a noroeste da cidade. Uma bela canção de Kristofferson saía do rádio. Cruzamos a cidade no calor do anoitecer, relaxando nos bancos de couro vermelho de nosso Coupe de Ville branco.

"Talvez seja melhor pegar leve hoje à noite", falei enquanto passávamos pelo Tropicana.

"Certo", ele respondeu. "Vamos achar um bom restaurante de frutos do mar e comer salmão. Ando tarado por salmão."

Concordei. "Mas antes seria bom voltar ao hotel e descansar. Talvez nadar um pouco, beber rum."

Meu advogado assentiu com a cabeça, se recostou no assento e olhou para o céu. A noite caía aos poucos.

4.

Nenhuma escapatória para os degenerados...
Reflexões sobre um viciado homicida

Adentramos o estacionamento do Flamingo e cruzamos todo o labirinto para chegar à nossa ala. Não tivemos nenhum problema para estacionar, nem no elevador, e um silêncio mortal reinava na suíte quando entramos: uma penumbra elegante e tranquila, com portas corrediças que davam para o gramado e a piscina.

Só a luz vermelha do telefone se movia no quarto, piscando para indicar que havia um recado. "Deve ser o serviço de quarto", falei. "Pedi gelo e bebida. Acho que chegou quando estávamos fora."

Meu advogado deu de ombros. "A gente tem bastante", falou. "Mas não seria nada mal conseguir mais. É isso aí, manda subir."

Peguei o telefone e liguei para a recepção. "Qual é o recado?", perguntei. "Minha luz está piscando."

O recepcionista pareceu hesitar. Ouvi papéis sendo remexidos. "Ah, sim", acabou dizendo. "Senhor Duke? Sim, temos dois recados para o senhor. O primeiro diz o seguinte: 'Bem-vindo a Las Vegas, é o que deseja a Associação Nacional dos Promotores Públicos'."

"Maravilha", falei.

"... e o outro", ele prosseguiu, "diz: 'Ligue para Lucy no Americana, quarto 1.600'."

"Como?"

Ele repetiu o recado. Não era um engano.

"Puta merda!", balbuciei.

"Perdão?", disse o recepcionista.

Desliguei.

* * *

Meu advogado estava no banheiro, vomitando de novo. Saí para a varanda e olhei para a piscina, um tanque em forma de meia-lua cheio de água brilhante, resplandecendo do lado de fora de nossa suíte. Eu me senti Otelo em pessoa. Estava na cidade havia poucas horas e já tinha estabelecido os alicerces de uma tragédia clássica. O herói estava condenado; já havia plantado a semente de sua própria queda...

Mas quem seria o Herói daquele drama sórdido? Dei as costas para a piscina e encarei meu advogado, que saía do banheiro limpando a boca com uma toalha. Seus olhos estavam vidrados, límpidos. "Essa porra de mescalina", resmungou. "Cacete, por que não fazem uma coisa menos pura? Sei lá, podiam misturar com antiácidos, algo assim."

"Otelo usava Dramamine", falei.

Ele sacudiu a cabeça, pendurou a toalha no pescoço e ligou a televisão. "É, ouvi falar desses remédios. Seu amigo Fatty Arbuckle usava azeite de oliva."

"Lucy ligou", contei.

"O quê?" Meu advogado quase desabou – parecia um bicho alvejado por um tiro.

"Acabei de receber o recado. Ela está no Americana, quarto 1.600... e pediu pra gente telefonar."

Meu advogado me encarou... e nesse exato momento tocou o telefone.

Dei de ombros e atendi. Não havia motivos para tentar se esconder. Ela tinha nos encontrado e isso bastava.

"Alô", falei.

Era o recepcionista.

"Senhor Duke?"

"Sim."

"Olá, senhor Duke. Desculpe, a ligação caiu um minuto atrás... mas achei que deveria telefonar de novo, porque andei pensando..."

"*Hein*?" Senti o cerco se fechar. Esse filho da puta estava prestes a me sacanear. O que aquela vagabunda transtornada *tinha dito* para ele? Tentei manter a calma. "Porra, estamos vendo o noticiário!", gritei. "Por que você está interrompendo a gente, caralho?"

Silêncio.

"O que você *quer*, hein? Cadê a porra do gelo que eu pedi? Cadê a bebida? Tem uma guerra acontecendo, cara! Tem gente sendo morta!"

"Morta?" Ele quase sussurrava.

"No Vietnã!", gritei. "Na televisão, porra!"

"Ah... sim... sim... ", falou. "Essa guerra terrível. Quando será que vai acabar?"

"Agora diga", falei, calmo. "O que você *quer*?"

"Oh, sim", ele disse, assumindo novamente o tom de recepcionista. "Como sei que o senhor está aqui para a convenção da polícia... achei que deveria contar... que a mulher que deixou este recado para o senhor parecia *bastante* perturbada."

Ele hesitou, mas continuei quieto.

"Achei que o senhor deveria saber disso", falou enfim.

"O que você *disse* pra ela?", eu quis saber.

"*Nada.* Nada mesmo, senhor Duke. Só anotei o recado." Fez uma pausa. "Mas não foi muito fácil falar com aquela mulher. Ela estava... bem... muito nervosa. Acho que estava chorando."

"Chorando?" Meu cérebro emperrou. Eu não conseguia pensar. A droga estava assumindo o controle. "Por que ela estava chorando?"

"Bem... hã... ela não disse, senhor Duke. Mas, conhecendo a natureza do seu trabalho, imaginei que..."

"Entendo", cortei. "Olha, seja delicado com essa mulher se ela telefonar novamente. Ela é o nosso *estudo de caso*. Está sendo observada minuciosamente." Senti minha cabeça destravar. As palavras fluíam: "É totalmente inofensiva, claro... não causará problemas... essa mulher tem usado láudano... é um experimento controlado, mas suspeito que precisaremos de sua colaboração antes que tudo isso chegue ao fim.".

"Bem... *certamente*", ele respondeu. "É sempre um prazer colaborar com a polícia... desde que não haja problema nenhum... para nós, é o que quero dizer."

"Não se preocupe", garanti. "Você está protegido. Apenas trate essa pobre garota como trataria qualquer outro ser humano em apuros."

"Hã?" Ele parecia estar gaguejando. "Ah... sim, sim, entendo o que o senhor quer dizer... sim... então o *senhor* se responsabiliza?"

"É claro", falei. "E agora preciso voltar ao noticiário."

"Obrigado", ele murmurou.

"Manda logo o gelo", pedi, e desliguei.

Meu advogado sorria na frente da televisão, tranquilo. "Bom trabalho", falou. "Depois dessa eles vão nos tratar que nem leprosos."

Sacudi a cabeça, enchendo um copo com Chivas Regal.

"Faz três horas que não passa *noticiário nenhum* nessa tevê", ele reclamou, sem tirar os olhos da tela. "Esse pobre coitado deve achar que sintonizamos algum canal especial da polícia. Não quer ligar de novo e pedir pra mandarem um capacitor de três mil watts junto com o gelo? Diz pra ele que o nosso acabou de queimar..."

"Você se esqueceu da Lucy", falei. "Ela quer falar com *você*."

Meu advogado riu. "Não, ela quer falar com você."

"Comigo?"

"Sim. Você deixou a Lucy maluca. Só consegui me livrar dela no aeroporto dizendo que você estava me levando prum duelo no deserto. Falei que você queria se livrar de mim pra que ela fosse todinha sua." Encolheu os ombros. "Porra, eu precisava dizer *alguma* coisa. Mandei ela ir pro Americana e esperar pra ver qual de nós dois ia voltar do duelo." Riu de novo. "Parece que ela acha que você saiu vencedor. Aquele recado não era *pra mim*, era?"

Balancei a cabeça. Aquilo não fazia sentido, mas eu sabia que era verdade. Raciocínio alucinado. Ritmos claros e brutais – que, para ele, faziam todo o sentido do mundo.

Meu advogado estava atirado na cadeira, concentrado em *Missão impossível.*

Refleti por um instante, levantei e comecei a enfiar coisas na valise.

"O que você tá fazendo?", ele quis saber.

"Não importa", falei. O zíper travou, mas resolvi o problema com um puxão. Depois calcei os sapatos.

"Peraí", ele protestou. "Jesus, você tá *indo embora*?"

Admiti. "É isso mesmo, porra. Estou indo embora. Mas não se preocupe. Passo na recepção antes de sair. Vão cuidar de você."

Ele se levantou num salto, chutando o drinque. "Peraí, caralho. Agora é *sério*! Cadê meu 357?"

Dei de ombros, enfiando as garrafas de Chivas Regal na sacola sem olhar para ele. "Vendi em Baker", falei. "Devo 35 dólares pra você."

"Jesus Cristo!", ele berrou. "Aquele troço me custou 190 dólares, porra!"

Sorri. "Você me contou *onde* conseguiu aquela arma", eu disse. "Lembra?"

Ele hesitou, fingindo pensar. "Ah, é", admitiu. "Sim... aquele marginal de Pasadena..." Mas logo voltou à carga. "Então me custou *mil*, porra. Aquele imbecil atirou num policial do departamento de narcóticos. Ia pegar prisão *perpétua*!... Cacete, eu passei três meses naquele tribunal e tudo que ganhei foi essa porra de arma."

"Você é burro", desdenhei. "Já falei que esse negócio de dar crédito pra viciados é furada – especialmente quando eles são *culpados*. Sorte sua que o desgraçado não te pagou com uma bala na barriga."

Meu advogado despencou na cama. "Era meu *primo. Inocente*, de acordo com o júri."

"Ah, caralho!", estourei. "Em quantas pessoas aquele viciado de merda atirou desde que você conhece ele? Seis? Oito? Aquele escroto é tão culpado que, se você tivesse princípios, deveria se matar agora mesmo. Claro que ele atirou naquele policial, assim como matou aquela garota no Holiday Inn... e aquele cara em Ventura!"

Meu advogado me encarou com frieza no olhar. "Melhor tomar cuidado, cara. Isso aí é *calúnia* séria."

Dei risada, atirando toda minha bagagem ao pé da cama enquanto terminava meu drinque. Eu pretendia mesmo ir embora. Não era o que eu tinha vontade de fazer, mas resolvi que *nada* valia o risco de me envolver com Lucy... Se algum dia voltasse ao normal, imagino que sem dúvida provaria ser uma ótima pessoa... muito sensível, com reservas secretas de carma positivo escondidas por baixo de seu jeito de pitbull; um grande talento instintivo... Era só uma garotinha balofa que infelizmente ficou louca de pedra pouco antes de completar dezoito anos.

Eu não tinha nada pessoal contra Lucy. Mas sabia que ela era perfeitamente capaz – naquelas circunstâncias – de mandar a mim e ao meu advogado para a prisão por pelo menos vinte anos. Tudo por culpa de alguma história horrenda que nem chegaríamos a escutar antes que ela aparecesse para depor no tribunal.

"Sim, senhor. Esses aí são os dois homens que me deram o LSD e me levaram pro hotel..."

"E o que eles fizeram depois, Lucy?"

"Bem, senhor, não lembro direito..."

"É mesmo, Lucy? Bem, talvez este documento dos arquivos do Promotor Público refresque sua memória... É a declaração que você deu ao policial Squane quando foi encontrada caminhando nua pelo deserto perto do lago Mead."

"Não sei bem o que eles fizeram comigo, mas lembro que foi horrível. Um dos caras me pegou no aeroporto de Los Angeles; foi ele que me deu a pílula... e o outro encontrou a gente no hotel; estava suando bastante e falava tão rápido que eu não conseguia entender o que ele queria... Não, senhor, não lembro *exatamente* o que eles fizeram comigo a essa altura, porque ainda estava sob efeito daquela droga... sim, senhor, do LSD que eles me deram... e acho que fiquei nua por um bom tempo, talvez durante todo o tempo em que fiquei por lá. Acho que era noite, porque lembro que estava passando o noticiário. Sim, senhor, Walter Cronkite, lembro bem do rosto dele..."

Não, eu não estava pronto para isso. Nenhum júri duvidaria dessas declarações. Especialmente se fossem acompanhadas por um turbilhão de lágrimas e flashbacks de ácido obscenos. E, como ela não lembraria ao certo o que fizemos com ela, seria impossível negar qualquer coisa. O júri *saberia* o que fizemos. Já tinham lido sobre tipinhos da nossa laia em livros de bolso vendidos em bancas de revista por 2,95: *Até a cintura*, *À flor da pele*... já tinham visto gente como nós em filmes de sacanagem com ingresso de cinco dólares.

E é claro que não poderíamos correr o risco de falar em defesa própria – não depois que esvaziassem o porta-malas da Baleia: "Meritíssimo, gostaria de lembrar ao júri que está disponível uma série de provas da acusação, de A até Y – sim, a coleção incrível de drogas e entorpecentes ilegais que estava em posse dos réus quando foram presos. Essa tarefa, por sinal, exigiu a intervenção de nada menos que *nove* policiais, seis dos quais permanecem hospitalizados... e também estão disponíveis as provas Z. São depoimentos em juízo de três especialistas em entorpecentes recomendados pelo presidente da Conferência Nacional dos Promotores Públicos – vítima de um grande constrangimento com a tentativa dos réus de se infiltrarem em sua convenção anual com intenção de transtornar e perverter o ambiente... segundo o testemunho desses profissionais, a quantidade de drogas em posse dos réus quando de sua prisão era suficiente para *matar* um pelotão inteiro de marines... e, cavalheiros, neste momento uso o verbo *matar* com todo respeito pelo medo e repulsa que, tenho certeza, ele provoca em cada um dos senhores enquanto consideram que esses estupradores *degenerados* utilizaram essa miríade de entorpecentes para *destruir por inteiro* a mente e a moral dessa jovem então inocente, dessa adolescente *arruinada* e vítima de degradação que agora está diante dos senhores, coberta de vergonha... sim, esses dois forçaram a garota a usar tantas drogas que ela se tornou incapaz de *relembrar* os detalhes sórdidos da orgia que foi forçada a protagonizar... imaginem a extensão dos danos cerebrais... eles *usaram* essa jovem, senhores e senhoras do júri, para seus próprios e indescritíveis fins!".

5.

Uma experiência terrível com drogas altamente perigosas

Não havia como lidar com aquilo. Fiquei em pé e peguei a bagagem. Era vital cair fora da cidade imediatamente.

Meu advogado pareceu enfim compreender a situação. "Peraí!", gritou. "Você não pode me deixar sozinho nesse ninho de cobras! Esse quarto tá no *meu nome*."

Dei de ombros.

"Tá bom, porra", ele falou, se aproximando do telefone. "Olha, vou ligar pra *ela*. Vou manter a Lucy bem longe da gente." Sacudiu a cabeça. "Você tá certo. Ela é problema *meu*."

Balancei a cabeça. "Não, isso foi longe demais."

"Você morreria de fome se fosse advogado", ele respondeu. "Relaxa. Deixa comigo."

Meu advogado telefonou para o Americana e pediu o quarto 1.600. "Oi, Lucy", falou. "É, sou eu. Recebi seu recado... Hein? Claro que não, ensinei pro desgraçado uma lição que ele nunca mais vai esquecer... hein?... Não, morto, não, mas vai ficar um bom tempo sem incomodar ninguém... sim, deixei ele por lá; pisei nele, arranquei todos os dentes..."

Jesus, pensei. Que visão terrível para uma cabeça cheia de ácido.

"Mas tem um problema", prosseguiu meu advogado. "Preciso cair fora daqui agora mesmo. Aquele desgraçado entregou um cheque sem fundos aqui no hotel e deu *você* como referência. Vocês dois vão acabar sendo procurados pela polícia... é, eu sei, Lucy, mas não dá pra julgar um livro pela capa; tem gente que é podre por dentro... mas olha só, a última coisa que você deve fazer é telefonar de novo pra este hotel; eles vão rastrear a ligação e botar você direto na cadeia... não, eu vou agora mesmo pro Tropicana; telefono pra você assim que estiver lá, pra dizer o número do meu quarto... é, acho que umas duas horas; preciso agir naturalmente, senão eles também *me pegam*... acho até que vou usar um nome diferente, mas falo pra você qual é... claro, assim que eu me registrar no hotel... hein?... claro; vamos até o Circus-Circus pra ver o urso polar; você vai ficar doidinha..."

Nervoso, ele trocava o telefone de uma orelha para a outra enquanto falava. "Não... olha só, preciso desligar; devem ter grampeado esse telefone... é, eu sei, foi horrível, mas agora acabou... AH, MEU DEUS! TÃO CHUTANDO A PORTA!" Jogou o telefone no chão e começou a gritar: "Não! Me larguem! Sou inocente! Foi o Duke! Juro por Deus!". Chutou o telefone na parede, deitou no chão e voltou a gritar: "Não, eu não sei onde *ela* tá! Acho que voltou pra Montana. Vocês nunca vão pegar a Lucy! Ela foi embora!". Chutou o aparelho mais uma vez e depois segurou o fone a uns trinta centímetros da boca enquanto soltou um longo gemido ofegante. "Não! Não! Não enfiem essa *coisa* em mim!", gritou. Então bateu o telefone no gancho.

"Bem", falou, calmo. "É isso aí. Agora ela deve estar se enfiando no incinerador." Sorriu. "É, acho que nunca mais vamos ouvir falar da Lucy."

Eu me joguei na cama. Aquela performance me fez mal. Por um instante, achei que meu advogado tinha enlouquecido de vez – que realmente acreditava estar sendo atacado por inimigos invisíveis.

Mas o quarto estava tranquilo novamente. Ele estava de volta à cadeira, vendo *Missão impossível* e brincando com o cachimbo de haxixe. Estava vazio. "Cadê aquele ópio?", perguntou.

Atirei a sacola de drogas. "Toma cuidado", murmurei. "Não sobrou muito."

Ele deu uma risadinha. "Como seu advogado", disse, "recomendo que não se preocupe." Indicou o banheiro com a cabeça. "Pega aquele frasco marrom no meu kit de barbear e prova um pouquinho."

"O que é?"

"Adrenocromo", respondeu. "Não precisa usar muito. Só uma *provadinha*."

Peguei o frasco e mergulhei nele a ponta de um palito de fósforo. "Assim tá bom", alertou. "Esse negócio faz mescalina pura parecer gengibirra. Você vai ficar completamente louco se tomar demais."

Lambi a ponta do fósforo. "*Onde* você conseguiu isso?", eu quis saber. "Não tem como comprar."

"Não importa", ele respondeu. "É absolutamente puro."

Sacudi a cabeça, desanimado. "Jesus! Que tipo de monstro você aceitou como cliente *desta* vez? Só existe *uma* fonte desse negócio..."

Ele assentiu com a cabeça.

"As glândulas de adrenalina de um corpo humano *vivo*", falei. "Retirar de um cadáver não adianta."

"Eu sei", ele respondeu. "Mas esse cara não tinha dinheiro vivo. Era um desses satanistas malucos. Ofereceu sangue humano – disse que nada nesse mundo me deixaria mais doidão", riu. "Achei que era piada. Falei que aceitaria uns trinta gramas de adrenocromo puro – ou senão uma glândula adrenal fresquinha, pra mascar."

Comecei a sentir o negócio fazendo efeito. A primeira onda lembrava uma combinação de mescalina e metedrina. Talvez fosse bom nadar um pouco, pensei.

"Pois é", continuou meu advogado. "Esse cara foi preso por abuso de crianças, mas ele jura que não fez nada. 'Por que eu treparia com *crianças*?', diz ele. 'São *pequenas* demais!'" Deu de ombros. "Porra, e o que eu podia dizer? Até um lobisomem tem direito a um advogado... não *me atrevi* a recusar esse infeliz. Sei lá, vai que ele tenta arrancar minha glândula pineal com um estilete."

"E por que não?", concordei. "Com isso ele conseguiria até Melvin Belli como advogado." Sacudi a cabeça, mal conseguindo falar. Era como se meu corpo tivesse sido ligado numa tomada de 220 volts. "Porra, a gente precisa conseguir um pouco desse troço", acabei murmurando. "Comer um punhado pra ver o que acontece."

"Um pouco do quê?"

"Extrato de pineal."

Meu advogado me encarou. "Claro", disse. "Que *boa* ideia. Se você *cheirar* um pouquinho desse troço, se transforma num verbete de enciclopédia médica! Cara, sua cabeça incha até ficar do tamanho de uma melancia, você engorda cinquenta quilos em duas horas... garras, verrugas sanguinolentas, seis tetas cabeludas brotam das suas costas..." Balançou a cabeça, enfático. "Cara, eu provaria quase tudo, mas nem fodendo *encostaria* numa glândula pineal.

"No último Natal, ganhei uma datura inteirinha – só a raiz devia pesar um quilo; era suficiente pra *um ano* – mas engoli o negócio todo em vinte minutos!"

Eu me inclinava na direção do meu advogado, acompanhando com atenção tudo que ele dizia. Qualquer sinal de hesitação em sua voz me dava vontade de esganá-lo e forçá-lo a falar mais rápido. "Certo!", falei, ansioso. "Datura! E como foi?"

"Pra minha sorte, vomitei quase tudo logo de cara", explicou. "Mas ainda assim fiquei cego por três dias. Cristo, eu não conseguia nem andar! Meu corpo inteiro parecia feito de cera. Fiquei tão mal que precisaram me levar de volta pro rancho num carrinho de mão... disseram que eu ficava tentando falar, mas que minha voz parecia a de um guaxinim no cio."

"Fantástico", falei. Mas eu mal conseguia escutar o que ele dizia. Estava tão elétrico que minhas mãos agarravam obsessivamente o lençol, que acabei arrancando. Meus calcanhares se enterravam no colchão, os joelhos se dobravam... Eu sentia meus globos oculares incharem, prestes a saltar das órbitas.

"Termina a história, porra!", rosnei. "E o que *aconteceu*? E as *glândulas*?"

Meu advogado recuou, ficando de olho em mim enquanto se afastava. "Talvez seja bom você tomar outro drinque", falou, nervoso. "Jesus Cristo, o negócio *bateu forte*, né?"

Tentei sorrir. "Bem... não é pior que... não, *é* pior sim..." Era difícil mover a mandíbula; minha língua parecia feita de magnésio derretido. "Não... não esquenta...", pedi. "De repente seria legal se você... me atirasse na piscina, algo assim..."

"Puta merda", ele disse. "Você tomou *demais*. Tá quase explodindo. Jesus Cristo, olha sua *cara*!"

Eu não conseguia me mexer. Estava totalmente paralisado. Todos os músculos do meu corpo estavam contraídos. Eu não conseguia mexer nem meus globos oculares, muito menos virar a cabeça ou falar.

"Isso não vai durar muito tempo", meu advogado explicou. "Essa primeira onda é a pior. Aguenta isso aí a seco. Se eu colocar você na piscina agora, vai afundar que nem uma pedra."

Morte. Eu tinha certeza. Nem meus pulmões pareciam funcionar. Eu precisava de ajuda médica, mas não conseguia mover a boca para dizer isso. Eu ia *morrer*. Sentado ali na cama, incapaz de me mexer... bem, pelo menos não dói. Talvez eu desmaie dentro de alguns segundos, e depois disso nada mais importa.

Meu advogado voltou a assistir à televisão. Estava passando o noticiário. O rosto de Nixon preenchia a tela inteira, mas tudo que ele dizia soava embaralhado. A única palavra que consegui entender foi "sacrifício". E ela se repetia: "Sacrifício... sacrifício... sacrifício...".

Eu estava ofegante. Meu advogado pareceu notar. "Continua relaxando", falou sem nem me olhar. "Não tenta resistir ou vai acabar com bolhas no cérebro... derrames, aneurismas... vai definhar e morrer." Estendeu a mão para trocar de canal.

Já tinha passado da meia-noite quando finalmente consegui falar e andar... mas ainda não estava livre da droga: a voltagem tinha baixado de 220 para 110, só isso. Meus nervos estavam em frangalhos, e eu caminhava pelo quarto como um animal selvagem, vertendo suor, incapaz de me concentrar em qualquer raciocínio por mais de dois ou três segundos.

Meu advogado desligou o telefone após fazer várias ligações. "Só tem um lugar que serve salmão fresco", informou, "e fecha aos sábados."

"É claro", devolvi. "Esses malditos *Jesus Freaks*! Eles se multiplicam como ratos!"

Ele me encarou, curioso.

"Que tal o Process?", sugeri. "Eles não têm filial aqui? Uma delicatéssen, sei lá? Com umas mesinhas no fundo? Em Londres o cardápio é fantástico. Comi lá uma vez; é incrível..."

"Ei, se liga", ele censurou. "Nessa cidade é melhor *nem citar* o Process."

“Tem razão”, concordei. “Liga pro inspetor Bloor. Ele entende de comida. Deve ter uma *lista*.”

“Melhor ligar pro serviço de quarto”, decidiu. “Caranguejo e um litro de moscatel Christian Brothers saem uns vinte dólares.”

“Não!”, gritei. “*Temos que sair* daqui. Preciso de ar. Vamos pegar o carro e ir até Reno, comer uma salada de atum enorme... não vai demorar, porra. São só uns seiscentos quilômetros; no deserto não tem trânsito...”

“Esquece”, ele desconversou. “É *território do Exército*. Testes de bombas, gás paralisante – nunca conseguiríamos.”

Acabamos num lugar chamado Big Flip, quase no centro. Comi um “filé Nova York” por 1,88. Meu advogado pediu o “Cesto do Coiote” por 2,09 dólares... e depois disso tomamos um bule de café aguado “Ouro do Oeste” e vimos quatro sujeitos metidos a caubói quase matarem uma bicha perto das máquinas de pinball.

“Esta cidade nunca dorme”, disse meu advogado enquanto nos arrastávamos até o carro. “Por aqui, alguém com os contatos certos deve conseguir todo o adrenocromo que quiser.”

Concordei, mas aquilo não estava nos meus planos no momento. Já estava sem dormir havia umas oitenta horas e aquele suplício horrendo com a droga tinha me deixado completamente exausto... no dia seguinte precisaríamos trabalhar sério. A abertura da conferência sobre drogas estava marcada para o meio-dia... e ainda não sabíamos o que fazer. Então voltamos para o hotel e assistimos a um filme de terror britânico na sessão coruja.

6.

Arregaçando as mangas... Dia de abertura da convenção sobre drogas

"*Em nome dos procuradores deste condado, desejo boas-vindas a todos.*"

Sentamos nos fundos do principal salão do hotel Dunes, tomado por umas 1.500 pessoas. Bem na frente da sala, quase impossível de enxergar, estava o diretor-executivo da Associação Nacional dos Promotores Públicos – um sujeito de meia-idade, bem-apessoado e com aparência de homem de negócios bem-sucedido chamado Patrick Healy – que abria a terceira Conferência Nacional sobre Entorpecentes e Drogas Perigosas. Seus comentários chegavam até nós através de um imenso alto-falante de qualidade duvidosa, montado num poste de aço no canto do salão. Havia mais uns doze deles espalhados pelo recinto. Todos voltados para os fundos, pairando sobre a multidão... onde quer que você sentasse ou tentasse se esconder, estaria sempre na mira de um alto-falante.

Isso causava um efeito curioso. Em qualquer parte do salão, as pessoas tendiam a encarar o alto-falante mais próximo em vez de olharem para o vulto distante de quem estava falando lá na frente, em cima do palanque. Esse estilo 1935 de disposição de alto-falantes gerava um ambiente de total impessoalidade. Tinha algo de sinistro e autoritário. Aquele sistema de som deve ter sido criado por um funcionário de um drive-in em Muskogee, Oklahoma. Um lugar onde a gerência, como não tinha dinheiro para arcar com alto-falantes individuais para cada carro, precisava usar dez alto-falantes imensos, montados em postes telefônicos por toda a área de estacionamento.

Mais ou menos um ano antes da Conferência estive no festival de rock de Sky River, na zona rural de Washington. Um punhado de maconheiros falidos da Frente de Liberação de Seattle montou um sistema de som que levava cada nota tocada por um violão – até mesmo um pigarro ou o som de uma bota caindo no palco – até malucos de ácido quase surdos, perdidos no meio do mato a quase um quilômetro de distância.

Ao que tudo indicava, os melhores técnicos ao dispor da Convenção Nacional dos Promotores Públicos não eram capazes da mesma proeza. Aquele sistema de som parecia algo que Ulysses S. Grant teria montado para falar com suas tropas durante o cerco de Vicksburg. As vozes chegavam distorcidas, misturadas a chiados e estalos agudos, com um atraso que causava um descompasso perturbador entre as palavras e os gestos do palestrante.

"Precisamos ajustar as contas com a Cultura das Drogas neste país!... país... país..." Os ecos chegavam ao fundo da sala em ondas confusas. "O ramo de maconha às vezes é chamado de 'camarão' porque sua aparência lembra o crustáceo... crustáceo... crustáceo..."

"Mas do que essa gente tá falando, porra?", cochichou meu advogado. "Só alguém louco de ácido poderia achar que um ramo de maconha é parecido com um camarão!"

Dei de ombros. Estava claro que tínhamos nos metido num evento pré-histórico. A voz de um "especialista em drogas" chamado Bloomquist escapou dos alto-falantes, misturada com chiados: "...o paciente não pode ter certeza nenhuma a respeito desses flashbacks; pode achar que tudo acabou e não usar mais nada durante seis meses... até que, ô diacho, a viagem volta todinha de uma vez".

Mas que safado esse LSD, ô diacho! O médico E. R. Bloomquist era o palestrante principal – uma das grandes estrelas da conferência. É autor de um livro chamado *Marijuana*, que – segundo a capa – "expõe a verdade nua e crua". (É também o inventor da teoria do camarão...)

De acordo com a orelha do livro, o doutor Bloomquist é "Professor Adjunto de Cirurgia (Anestesiologia) da Faculdade de Medicina da Universidade do Sul da Califórnia"... e também "uma notória autoridade sobre o abuso de drogas perigosas". Ele "participou de debates em rede nacional de televisão, ofereceu consultoria para órgãos governamentais e integrou o Comitê sobre Toxicomania e Alcoolismo do Conselho de Saúde Mental da Associação Médica Americana". Segundo o editor, suas sábias palavras são impressas e distribuídas em tiragens gigantescas. Trata-se claramente de um dos pesos-pesados do circuito de vagabundos acadêmicos de segunda linha que recebem entre quinhentos e mil dólares por palestra ministrada a policiais e membros do Judiciário.

O livro do doutor Bloomquist é um compêndio de merdas descomunais. Na página 49 ele explica os "quatro estados do ser" na sociedade da *cannabis*: "Maneiro, Descolado, Legal & Careta" – nessa ordem descendente. "O careta raramente ou quase nunca é maneiro", explica Bloomquist. "Ele 'não está ligado', ou seja, ele não sabe 'o que está pegando'. Mas, se por acaso consegue descobrir, evolui e torna-se 'legal'. E, se conseguir aceitar o que está pegando, vira 'descolado'. Depois disso, com alguma sorte e muita perseverança, tem chances de alcançar o status de 'maneiro'."

Bloomquist escreve como alguém que esbarrou em Tim Leary numa festinha universitária e pagou vários drinques para ele. Só alguém como Leary teria sido capaz de informar, com o rosto impassível, que na cultura das drogas os óculos escuros são conhecidos como "cortinas da erva".

É bem o tipo de bobagem perigosa que costumava ser propagada por meio de boletins impressos em mimeógrafo e afixados nos vestiários de delegacias de polícia.

De fato: *CONHEÇA O MACONHEIRO. SUA VIDA PODE DEPENDER DISSO! Talvez você não enxergue seus olhos por causa das Cortinas da Erva, mas os nós de seus dedos estarão brancos por conta da tensão interna. Suas calças estarão cobertas por crostas de sêmen, porque ele se masturba constantemente quando não encontra alguém para estuprar. Quando interpelado, vai hesitar e não falar coisa com coisa. Ele não respeitará seu distintivo. O Maconheiro não tem medo de nada. Atacará sem motivo, usando qualquer arma à disposição – incluindo a sua. CUIDADO. Qualquer policial, ao prender um suspeito viciado em maconha, não deve hesitar em usar de toda a força necessária. Se o Maconheiro precisar tomar um ponto, isso significa que você se livrou de tomar nove. Boa sorte.*

O Delegado

De fato. Ter sorte é sempre importante, ainda mais em Las Vegas... e a nossa parecia estar acabando. Logo nos primeiros instantes, estava claro que essa Conferência sobre Drogas não era o que tínhamos imaginado. Era *aberta* demais, eclética demais. Quase um terço do público parecia estar ali apenas de passagem, a caminho de uma revanche entre Frazier e Ali no Centro de Convenções de Vegas – ou talvez para uma luta beneficente entre Liston e Marshal Ky em prol dos Traficantes de Heroína Aposentados.

A sala estava repleta de barbas, bigodes e roupas da moda. Estava claro que a Conferência dos Promotores Públicos tinha atraído um belo contingente de agentes disfarçados e outros tipinhos suspeitos. Um promotor assistente de Chicago vestia um colete de tricô marrom-claro. Sua mulher era a estrela do cassino do Dunes; desfilava pelo lugar como Grace Slick numa reunião de estudantes do Finch College. Um casal típico; por dentro das últimas tendências.

Hoje em dia, ser policial não significa que você não pode Estar Ligado. E a conferência tinha atraído umas figuras raras. Por outro lado, as minhas roupas – sapatos de couro cru de quarenta dólares, no estilo do FBI, e um casaco listrado digno de Pat Boone – eram perfeitas para aquele ambiente, já que, para cada moderninho urbano, havia uns vinte caipiras de aparência grotesca que poderiam se passar por auxiliares técnicos do time de futebol americano da Universidade Estadual do Mississipi.

Era essa gente que deixava meu advogado nervoso. Como quase todos os californianos, ele ficou chocado ao enfim *ver com os próprios olhos* aquela gente. Ali estava a nata do coração da América... e, Jesus, pareciam uma gangue de suinocultores bêbados!

Tentei consolá-lo. "No fundo eles são gente boa", falei. "Você só precisa se dar o trabalho de conhecer os sujeitos."

Ele sorriu. "*Conhecer*? Tá brincando, cara? Porra, eu conheço *muito bem* essa gente! Tá no *sangue*!"

"Não diga essa palavra em *voz alta*", respondi. "Eles vão ficar excitados."

Meu advogado sacudiu a cabeça. "Tem razão. Eu tinha visto esses desgraçados em *Sem destino*, mas não acreditava que existiam mesmo. Não *assim*. Não *centenas* deles!"

Meu advogado vestia um terno de risca azul, um traje bem mais cheio de estilo que o meu... mas isso o deixava tremendamente nervoso. Estar vestido daquele jeito no meio daquela gente provavelmente significava que você era um policial disfarçado – e meu advogado ganha a vida lidando com gente muito sensível em relação a esse tipo de coisa. "Essa merda é *um pesadelo*!", repetia em voz baixa. "Tô aqui infiltrado numa conferência de Porcos, mas pode apostar que algum traficante filho da puta dessa cidade vai acabar me reconhecendo e espalhando por aí que me viu na farra com milhares de *policiais*!"

Todos usávamos crachás com nossos nomes. Vinham com a "taxa de inscrição" de cem dólares. O meu anunciava que eu era um "investigador particular" de Los Angeles – o que de certo modo era verdade; o crachá do meu advogado o identificava como um especialista em "Análise de Entorpecentes". De certo modo, também era verdade.

Mas ninguém parecia se importar com quem era o que, ou por que estava lá. O nível de segurança era muito baixo para inspirar esse tipo de paranoia. Mas nossa tensão também se devia ao cheque sem fundos que usamos para pagar nossa taxa de inscrição. Pertencia a um dos clientes do meu advogado. Um cheque dado por um cafetão ou traficante qualquer, que sua longa experiência indicava não valer porra nenhuma.

7.
Se você não sabe, venha aprender...
Se você sabe, venha ensinar

– Lema impresso nos convites para a Convenção Nacional dos Promotores Públicos em Las Vegas, 25 a 29 de abril de 1971

A primeira sessão – os comentários de abertura – durou quase a tarde inteira. Ficamos sentados pacientemente durante as primeiras duas horas, embora desde o início tenha ficado claro que não Aprenderíamos nada e que – estava igualmente claro – seria um atestado de insanidade tentar Ensinar qualquer coisa. Foi muito fácil ficar sentado ali com a cabeça cheia de mescalina, ouvindo horas e horas de bobagens irrelevantes... não havia risco nenhum. Aqueles pobres coitados não sabiam a diferença entre mescalina e macarrão.

Suspeito que teríamos conseguido fazer a mesma coisa loucos de ácido... se não fossem certas pessoas presentes ali. Aquele grupo continha rostos e corpos que seriam absolutamente insuportáveis sob efeito de ácido. Ver um chefe de polícia de Waco, Texas, com seus 156 quilos, aproveitando para se agarrar com sua esposa (ou sei lá o que era aquela mulher) de 190 quilos quando as luzes se apagaram para um Documentário sobre Tóxicos já era quase intolerável sob o efeito da mescalina – acima de tudo uma droga sensual/superficial, que exagera a realidade em vez de alterá-la. Para uma cabeça cheia de ácido, a visão daqueles dois seres humanos fantasticamente obesos mandando ver em público, cercados por mil policiais atentos a um filme sobre os "perigos da maconha", não seria emocionalmente aceitável. O cérebro rejeitaria aquilo: a medula tentaria se isolar dos sinais que receberia dos lobos frontais... e enquanto isso o cerebelo estaria desesperado, tentando interpretar aquela cena de outro modo antes de desistir e passar a tarefa para a medula – o que implicaria o risco de tomar providências físicas para acabar com aquilo.

Em seus efeitos, o ácido é uma droga relativamente *complexa*, enquanto a mescalina é simples e direta. Porém, diante de uma cena dessas, a diferença era teórica. Naquela conferência, a única saída era o consumo maciço de tranquilizantes: Vermelhas, Maconha e Álcool. O programa inteiro da Conferência parecia ter sido organizado por gente presa num estupor de calmantes desde 1964.

Estavam presentes mais de mil promotores e policiais de primeiro escalão. Diziam uns aos outros: "*Precisamos* ajustar as contas com a cultura das drogas", mas não faziam ideia de por onde começar. Não conseguiam nem *encontrar* a tal cultura das drogas. Nos corredores, dizia-se que talvez fosse sustentada pela Máfia. Ou talvez pelos Beatles. Num certo momento, alguém do público perguntou a Bloomquist se ele achava que o "comportamento estranho" de Margaret Mead nos últimos tempos poderia ser explicado por um vício secreto em maconha.

"Não posso afirmar com certeza", respondeu Bloomquist. "Mas, se alguém da idade dela puxasse fumo, olha, a viagem seria bem grande."

Esse comentário arrancou uma gargalhada estrondosa do público.

Meu advogado chegou mais perto de mim para avisar que estava saindo. "Vou descer para o cassino", cochichou. "Conheço infinitas maneiras de desperdiçar meu tempo, e todas são melhores do que ouvir *tanta bobagem.*" Levantou-se, derrubando o cinzeiro do braço da cadeira, e avançou em direção à porta.

Mas os lugares não tinham sido dispostos para facilitar movimentações a esmo. As pessoas tentaram abrir caminho, mas não havia espaço para se mexer.

"Cuidado aí!", alguém gritou ao levar um encontrão do meu advogado.

"Vá se foder!", ele rosnou.

"Lá na frente!", outra pessoa gritou.

Meu advogado, a essa altura, já estava quase na porta. "Preciso *sair* daqui!", berrou. "Este não é *meu* lugar!"

"Já vai tarde", disse alguém.

Meu advogado se deteve e olhou ao seu redor – então pensou melhor e continuou andando. Assim que chegou à saída, o fundo do salão tinha virado um pandemônio. Até mesmo Bloomquist, de cima do palanque, pareceu notar que algo estava acontecendo ao longe. Parou de falar e olhou nervosamente na direção do ruído. Deve ter achado que uma briga tinha começado – talvez algum tipo de conflito racial ou qualquer outra coisa inevitável.

Levantei e caminhei direto para a porta. Parecia um bom momento para escapar. "Perdão, estou enjoado", falei para o dono da primeira perna em que tropecei. Quando ele se encolheu, repeti: "Desculpe, acho que vou vomitar... desculpe, vou vomitar... perdão, sim, estou enjoado...".

Dessa vez o caminho se abriu sem dificuldades, sem uma única palavra de protesto. Recebi até a ajuda de mãos anônimas. Ficaram com medo ao saber que eu estava prestes a vomitar. Ninguém queria isso – pelo menos não em cima de si. Levei uns 45 segundos para chegar à porta.

Meu advogado estava no andar de baixo, no bar. Conversava com um sujeito de uns quarenta anos, com aparência extravagante, cujo crachá anunciava ser promotor público em algum lugar na Geórgia. "Meu negócio é uísque", dizia ele. "Não temos muitos problemas com drogas lá de onde eu venho."

"Mas terão", respondeu meu advogado. "Qualquer noite dessas você vai acordar e encontrar um viciado destruindo seu quarto."

"Que nada!", desdenhou o cara da Geórgia. "Não lá na *minha* terra."

Juntei-me a eles e pedi um copo grande de rum com gelo.

"Você é outro garoto da Califórnia, né?", comentou o promotor. "Seu amigo aqui tá me falando de maconheiros."

"Estão por todo lugar", falei. "Ninguém está a salvo. Nem mesmo no Sul, pode apostar. Eles gostam do clima quente."

"Trabalham em dupla", disse meu advogado. "E às vezes em gangues. Entram direto no seu quarto e sentam em cima de você com facões enormes." Sacudiu a cabeça com um ar solene. "Podem até sentar em cima da sua *mulher* – e enfiar a lâmina na garganta dela."

"Jesus Todo-Poderoso", exclamou o sulista. "Que diabo tá *acontecendo* com este país?"

"Você nunca ia acreditar", disse meu advogado. "Em Los Angeles o negócio anda fora de controle. Primeiro foram as drogas, agora é a bruxaria."

"Bruxaria? Porra, você não tá falando sério!"

"Leia os jornais", falei. "Cara, você não viu nada até precisar enfrentar um bando de viciados totalmente loucos por sacrifício humano!"

"Que nada!", ele desdenhou. "Isso aí é ficção científica!"

"Não onde *nós* trabalhamos", insistiu meu advogado. "Caralho, só em Malibu esses satanistas filhos da puta matam seis ou oito pessoas *por dia.*" Fez uma pausa para bebericar seu drinque. "Só pensam em sangue", continuou. "Atacam gente na rua se for preciso." Sacudiu a cabeça. "Pode apostar. Um dia desses tivemos um caso em que eles pegaram uma garota num McDonald's. Uma garçonete de uns dezesseis anos... e muita gente viu!"

"E o que aconteceu?", quis saber nosso amigo. "O que *fizeram* com ela?" Parecia muito perplexo com o que ouvia.

"O que *fizeram*?", repetiu meu advogado. "Jesus Cristo. Deceparam a cabeça da infeliz no meio do estacionamento! Aí esburacaram ela todinha e sugaram o sangue da coitada!"

"Deus *Todo-Poderoso*!", exclamou o cara da Geórgia... "E ninguém fez *nada*?"

"E o que *poderiam* fazer?", falei. "O sujeito que cortou a cabeça tinha uns dois metros de altura e pesava uns 140 quilos. Tinha duas pistolas Luger. Os outros estavam com fuzis M-16. Eram todos veteranos..."

"O grandalhão tinha sido um major dos marines", explicou meu advogado. "Sabemos onde ele mora, mas não podemos chegar nem perto."

"Que nada!", berrou nosso amigo. "Um major não faria isso!"

"Ele queria a glândula pineal", falei. "Foi assim que ficou tão grande. Quando deixou os marines, o sujeito era um *tampinha*."

"Ai, meu Deus!", exclamou nosso amigo. "Que horrível!"

"Acontece todos os dias", disse meu advogado. "Geralmente envolve famílias inteiras. Durante a noite. A maioria nem acorda até sentir que tá perdendo a cabeça – e aí, claro, já é tarde demais."

O garçom prestava atenção no que dizíamos. Eu estava de olho nele. Não parecia nada calmo.

"Mais três doses de rum", pedi. "Com muito gelo e uns pedações de lima."

Ele assentiu com a cabeça, mas dava para notar que não estava concentrado no trabalho. Olhava para nossos crachás. "Vocês estão participando daquela convenção da polícia?", perguntou enfim.

"Pode apostar, amigo", respondeu o cara da Geórgia, abrindo um sorriso enorme.

O garçom sacudiu a cabeça, triste. "Imaginei", falou. "Nunca tinha ouvido esse tipo de conversa aqui no bar. Jesus Cristo! Como vocês *aguentam* esse trabalho?"

Meu advogado sorriu. "Nós *gostamos*", respondeu. "É divertido."

O garçom recuou; seu rosto havia se transformado numa máscara de repugnância.

"Qual é o seu problema?", perguntei. "Ora, *alguém* precisa fazer esse trabalho."

Ele me encarou por um momento e se afastou.

"Traz logo esses drinques", disse meu advogado. "Estamos com sede." Deu risada e revirou os olhos quando o garçom voltou a olhá-lo. "Só *duas* doses de rum", falou. "Eu quero um *bloody mary* bem vermelho."

O garçom pareceu congelar, mas nosso amigo sulista nem notou. Sua mente estava em outro lugar. "Nossa, é realmente horrível saber disso", comentou, em voz baixa. "Porque tudo que acontece na Califórnia acaba chegando à Geórgia mais cedo ou mais tarde. Geralmente parava em Atlanta, mas acho que isso ocorria quando os desgraçados eram *pacíficos*. Antigamente só precisávamos ficar de olho neles. Eles não saíam por aí armando confusão..." Deu de ombros. "Mas agora *ninguém* está a salvo, meu Jesus. Eles podem aparecer em qualquer lugar."

"Tem razão", disse meu advogado. "Aprendemos isso na Califórnia. Tá lembrado de onde o Manson apareceu, né? Bem no meio do Vale da Morte. Tinha um *exército* inteiro desses tarados por lá. Só pegamos alguns. A maioria escapou correndo pelas dunas como lagartos enormes... todos completamente nus e com armas na mão."

"Não vai demorar pra que apareçam em algum lugar", falei. "E vamos torcer pra que a gente esteja preparado."

O cara da Geórgia deu um soco no balcão. "Mas não podemos ficar trancados em casa, como se fôssemos prisioneiros!", exclamou. "Nem sabemos quem é essa gente! Como podemos *reconhecê-los*!"

"Não podemos", respondeu meu advogado. "O único jeito é pegar o touro pelos chifres – sair na porrada com essa ralé!"

"Como assim?", ele quis saber.

"Você *sabe* do que eu tô falando", insistiu meu advogado. "Já fizemos isso antes e podemos fazer de novo, porra."

"Cortar a cabeça deles", expliquei. "De todos eles. É o que estamos fazendo na Califórnia."

"*O quê*?"

"É isso aí", disse meu advogado. "É tudo por debaixo dos panos, mas todo mundo *que importa* está do nosso lado."

"Nossa! Eu não sabia que as coisas andavam tão feias por lá!", disse nosso amigo.

"Não fazemos alarde", falei. "Não é o tipo de coisa que se pode falar na Conferência, por exemplo. Não com a imprensa por perto."

Nosso amigo concordou. "Claro que não!", exclamou. "Isso causaria problemas intermináveis."

"Dobermanns não falam", eu disse.

"Hein?"

"Às vezes é mais fácil soltar as coleiras", disse meu advogado. "Se você tentar decapitar esses malucos sem ajuda de cães, eles lutam como demônios."

"Deus Todo-Poderoso!"

Deixamos o sujeito no balcão, girando o gelo no copo, com o rosto completamente sério. Estava pensando se contaria aquelas coisas para sua mulher. "Ela nunca entenderia", balbuciou. "Sabe como são as mulheres."

Assenti com a cabeça. Meu advogado já tinha desaparecido, escapando por um labirinto de caça-níqueis até a porta de entrada. Eu disse adeus ao nosso amigo e o adverti para que não falasse nada sobre o que havíamos conversado.

8.

Rabinho doce...
& enfim um racha
de verdade na Strip

Era quase meia-noite quando meu advogado decidiu que queria beber café. Tinha vomitado bastante enquanto rodávamos pela Strip, deixando imundo o flanco direito da Baleia. Estávamos parados num sinal vermelho na frente do Silver Slipper, ao lado de um imenso Ford azul com placa de Oklahoma... dentro do carro havia dois casais com caras de porco, provavelmente policiais de Muskogee usando a Convenção sobre Drogas como desculpa para apresentar Vegas às esposas. Pareciam ter acabado de ganhar uns 33 dólares nas mesas de vinte e um do Caesar's Palace, e agora estavam a caminho do Circus-Circus para coroar a noite...

...mas de repente se viram ao lado de um Cadillac branco conversível todo coberto de vômito, ouvindo os berros de um samoano de 150 quilos vestido com uma camiseta amarela de arrastão:

"Ei, vocês aí! Querem comprar heroína, pessoal?"

Nenhuma resposta. Nenhum sinal de terem escutado. Haviam sido advertidos sobre esse tipo de coisa: melhor ignorar...

"Ei, branquelos!", gritou meu advogado. "É sério, porra! Tô a fim de vender um pouco de *heroína* purinha pra vocês!" Estava debruçado para fora do carro, muito perto deles. Mas ainda assim ninguém respondia. Olhei de relance e enxerguei quatro rostos americanos bem comuns, paralisados de choque, olhando para a frente.

Estávamos na pista do meio. Virar à esquerda seria ilegal. Precisaríamos seguir em frente quando o sinal abrisse, para então escapar na esquina seguinte. Esperei, nervoso, martelando o acelerador com o pé...

Meu advogado estava perdendo o controle: "Heroína barata!", berrava. "É coisa fina! Não vicia ninguém! *Conheço* o que tenho aqui, porra!" Esmurrava a porta do carro, tentando chamar a atenção... mas eles não queriam saber da gente.

"Nunca falaram com um *veterano*, pessoal?", perguntou meu advogado. "Acabei de voltar do Viéti-Nam. Isso aqui é *opiáceo*, pessoal! Purinho!"

De repente o sinal abriu e o Ford arrancou como um foguete. Pisei no acelerador e emparelhei com eles por uns duzentos metros, atento a qualquer aparição da polícia no retrovisor. Meu advogado seguia berrando: "Pico! Foda! Herô! Sangue! Heroína! Estupro! Barato! Comunista! Enfia a agulha direto no olho, cacete!".

Estávamos nos aproximando do Circus-Circus em alta velocidade.

O carro de Oklahoma pegava a esquerda, tentando forçar passagem para a pista de conversão. Troquei a marcha da Baleia e ficamos lado a lado por um instante. Ele não estava disposto a bater em mim; seus olhos estavam cheios de horror...

O homem no banco de trás tinha perdido totalmente o controle... se debruçava por cima da esposa e rosnava enlouquecido. "Seus filhos da mãe! Encostem esse carro que eu mato vocês! Vão se danar! Desgraçados!". Alucinado de ódio, parecia disposto a pular pela janela direto para dentro do nosso carro. Para nossa sorte, o Ford só tinha duas portas. Ele não tinha como sair.

Estávamos chegando a mais um semáforo e o Ford continuava tentando pegar a esquerda. Nós dois estávamos a toda velocidade. Dei uma olhada e vi que tínhamos deixado o resto do tráfego bem para trás; havia uma grande brecha à direita. Então pisei com tudo no freio, jogando meu advogado contra o painel. No instante em que o Ford passou voando, cortei sua rabeira e avancei por uma transversal. Uma conversão brusca à direita, cortando três pistas. Mas funcionou. Deixamos o Ford no meio do cruzamento, derrapando numa tentativa de conversão à esquerda. Se tivéssemos sorte, ele acabaria preso por direção perigosa.

Meu advogado gargalhava enquanto nos lançávamos com os faróis apagados por uma teia empoeirada de travessas nos fundos do Desert Inn. "Jesus Cristo", falou. "Aqueles caipiras estavam ficando empolgados. Aquele sujeito no banco de trás tentou me *morder*! Caralho, ele tava com a boca espumando!" Sacudiu a cabeça, muito sério. "Eu devia ter usado spray de pimenta naquele escroto... um psicótico criminoso, totalmente transtornado... nunca se sabe quando eles vão ter um colapso."

Entrei com a Baleia numa curva que parecia levar para fora do labirinto – mas, em vez de derrapar, o carro quase capotou.

"Puta merda!", berrou meu advogado. "Acende essas luzes, porra!" Estava se segurando na parte de cima do para-brisa... e de repente começou a vomitar de novo, debruçado sobre a lateral do carro.

Nem cogitei diminuir a velocidade até ter certeza de que ninguém estava nos seguindo – especialmente o Ford de Oklahoma. Não havia dúvida de que aquela gente era perigosa, ao menos até que se acalmassem. Será que dariam queixa na polícia por conta daquele encontro rápido e terrível? Provavelmente não. Tinha sido rápido demais, sem testemunhas, e no fim das contas havia uma possibilidade enorme de que ninguém acreditasse neles. Dois traficantes de heroína num Cadillac branco conversível, tirando rachas pela Strip, xingando completos desconhecidos nos semáforos? Era absurdo demais. Nem mesmo Sonny Liston tinha conseguido ficar tão descontrolado.

Fizemos outra curva e quase capotamos de novo. Um Coupe de Ville não é a máquina ideal para fazer curvas em alta velocidade em bairros residenciais. A direção é muito solta... diferente do Tubarão Vermelho, que sempre tinha respondido muito bem a situações que exigiam derrapadas súbitas. Mas a Baleia – ao invés de ceder no momento crítico – tinha uma tendência a *resistir*, criando uma sensação de "lá vamos nós" que dava vontade de vomitar.

No início achei que a culpa era dos pneus murchos, então levei o carro até o posto Texaco perto do Flamingo e calibrei os pneus para cinquenta libras cada – o que deixou o frentista assustado. Expliquei que eram pneus "experimentais".

Mas, como isso não melhorou o desempenho nas curvas, voltei algumas horas mais tarde e falei que queria tentar 75. Ele sacudiu a cabeça, nervoso. "De jeito nenhum", disse, me passando a mangueira de ar. "Toma. Os pneus são seus. *Você* calibra."

"Qual o problema?", eu quis saber. "Acha que eles *não aguentam* 75?"

Ele balançou a cabeça, recuando enquanto eu me abaixava para encher o pneu dianteiro da esquerda. "Pode apostar que não", falou. "Esses pneus exigem 28 nos dianteiros e 32 nos traseiros. Ora, cinquenta é *perigoso*, mas 75 é *loucura*. Eles vão explodir!"

Sacudi a cabeça e continuei enchendo o mesmo pneu. "Esses pneus foram projetados pelos laboratórios Sandoz. São especiais. Posso calibrar até cem libras."

"Deus Todo-Poderoso!", ele gemeu. "Não faz uma coisas dessas aqui no posto."

"Hoje não", respondi. "Quero ver como ele faz as curvas com 75."

O frentista deu uma risadinha. "O senhor não vai conseguir nem *chegar* até a esquina."

"Veremos", falei, passando para as rodas traseiras. Na verdade eu estava nervoso. Os dois pneus dianteiros estavam mais retesados que a pele de um tambor; quando dei uma batidinha, pareciam feitos de madeira de lei. Mas ah, e daí?, pensei. Qual o problema se explodirem? Não é sempre que o sujeito tem a chance de fazer experiências radicais num Cadillac virgem com quatro pneus de oitenta dólares novos em folha. Ora, de repente o bicho pode começar a fazer curvas como uma Lotus Elan. E, se isso não acontecer, tudo que eu precisava fazer era ligar para a locadora VIP e pedir outro veículo... talvez ameaçar processá-los pelos quatro pneus que explodiram enquanto eu dirigia no meio do tráfego pesado. Exigir um Eldorado com quatro pneus Xs da Michelin. E botar tudo no cartão... mandando cobrar dos Browns de St. Louis.

Mas no fim das contas a Baleia se comportou muito bem com as calibragens alteradas. O passeio foi um tanto desconfortável; eu sentia cada pedregulho da estrada, como se estivesse andando de patins sobre cascalho... mas o bicho começou a fazer curvas de um jeito cheio de estilo, lembrando uma motocicleta em velocidade máxima sob chuva forte: um deslize e ZAM!, o carro ia direto para o outro lado e o motorista só podia botar as mãos na cabeça enquanto via a paisagem girar.

Cerca de meia hora depois do nosso encontro com os caipiras, estacionamos numa lanchonete 24 horas na rodovia de Tonopah, nos arredores de um gueto miserável e cheio de viciados chamado "North Las Vegas" – que na verdade se localiza fora dos limites de Vegas. North Vegas é o seu destino se você fez merdas demais na Strip e não é bem-vindo nem nos inferninhos do centro, perto do Casino Center.

É a resposta de Nevada para East St. Louis – cortiços e um cemitério, a última parada antes do exílio permanente em Ely ou Winnemucca. North Vegas é seu destino se você é uma prostituta chegando aos quarenta que os mafiosos da Strip decidiram que não serve mais para atender os grandes apostadores... ou se você é um cafetão com dívidas no Sands... ou se é aquilo que em Vegas ainda chamam de "fumeta". Isso pode significar qualquer coisa, de bêbado incorrigível a viciado em heroína, mas em termos de aceitação comercial quer dizer que você simplesmente *já era* em todos os lugares que importam.

Os grandes hotéis e cassinos não poupam esforços para garantir que os grandes apostadores não tenham problemas com pessoas "indesejáveis". A segurança de um lugar como o Caesar's Palace é bastante atenta e rígida. É provável que um terço dos presentes, a qualquer hora, sejam vigias disfarçados ou falsos jogadores. Se você fica bêbado em público ou é um notório batedor de carteira, recebe atendimento instantâneo – é empurrado para o estacionamento por capangas vestidos como agentes do Serviço Secreto e recebe um sermão rápido e impessoal sobre o custo de um tratamento odontológico e as dificuldades de tentar ganhar a vida com dois braços quebrados.

A "alta-roda" de Vegas talvez seja a sociedade mais fechada a oeste da Sicília – e, no que diz respeito ao estilo de vida cotidiano do lugar, não faz diferença se o Homem no Comando é Lucky Luciano ou Howard Hughes. Numa economia em que Tom Jones consegue ganhar 75 mil dólares por semana em troca de dois shows por noite no Caesar's, uma guarda palaciana se torna indispensável – e seus integrantes não se importam com quem assina o cheque. Uma mina de ouro como Vegas, como qualquer outra, acaba gerando seu próprio exército. Mercenários não demoram a surgir em torno dos polos de dinheiro/poder... e dinheiro grosso em Vegas é sinônimo do Poder que lhe oferece proteção.

Ou seja: assim que você entra para a lista negra da Strip, por qualquer motivo, ou você deixa a cidade ou se recolhe para deixar as coisas esfriarem, trabalhando em troca de migalhas no limbo sórdido de North Vegas... em meio a bandidos armados, malandros, viciados paralíticos e outros fracassados. North Vegas, por exemplo, é seu destino se você quer comprar heroína antes da meia-noite e não tem bons contatos.

Mas, se você está atrás de cocaína, tem algumas cédulas na mão e sabe as senhas de cor, é melhor ficar pela Strip e bater um papo com uma prostituta bem relacionada. Para abrir os trabalhos, será preciso gastar pelo menos uma das cédulas.

E chega disso tudo. Não nos encaixamos no padrão. Não existe uma receita pronta para quem está em Vegas com um Cadillac branco lotado de drogas e sem nada decente para misturar com elas. Esse estilo Fillmore nunca deu muito certo por aqui. Pessoas como Sinatra e Dean Martin ainda são consideradas "muito loucas" em Vegas. O "jornal alternativo" daqui – o *Free Press* – é uma versão muito pacata do *People's World*, ou talvez do *National Guardian*.

Passar uma semana em Vegas é como tropeçar numa Brecha Temporal. É como voltar ao final da década de 50. Isso é perfeitamente compreensível quando você encontra o tipo de gente que vem para cá. Esbanjadores de lugares como Denver e Dallas ao lado de convenções nacionais do Elks Club (proibida a entrada de crioulos) e encontros dos Pastores Voluntários do Oeste. Essa gente fica perplexa ao ver uma velha prostituta tirando a roupa e se exibindo pela rua ao som de um punhado de viciados de cinquenta anos mandando ver na "September Song".

Já eram quase três horas quando paramos no estacionamento da lanchonete de North Vegas. Eu estava atrás de um exemplar do *Los Angeles Times* para ter notícias do mundo lá fora, mas bastou uma olhada rápida nos jornais disponíveis para transformar minha intenção numa piada de mau gosto. Ninguém precisa do *Los Angeles Times* em North Vegas. Ficar sem notícias é a melhor das notícias.

"Fodam-se os jornais", disse meu advogado. "Agora precisamos é de café."

Concordei, mas acabei roubando um exemplar do *Las Vegas Sun*. Era a edição do dia anterior, mas tudo bem. Eu ficava nervoso só de pensar em tomar café sem um jornal nas mãos. Sempre havia as páginas de esportes para dar uma olhada nos resultados do basquete e nos boatos do futebol americano: "Bart Starr espancado por marginais em taberna de chicago; packers querem fazer negócio"... "Namath deixa o Jets para ser governador do Alabama"... e uma reportagem na página 46 sobre um novato sensação chamado Harrison Fire, saído de Grambling: corre cem jardas em nove segundos cravados, pesa 156 quilos e ainda não parou de crescer.

"Esse Fire promete, com certeza", afirma o treinador. "Ontem, antes do treino, ele destruiu um ônibus *Greyhound* com as mãos. Noite passada, ele acabou com um trem do metrô. Fica muito bem na tevê a cores. Não sou de escolher favoritos, mas tudo indica que vamos ter de abrir espaço para ele."

De fato. Sempre tem um lugar na tevê para um sujeito capaz de transformar alguém em geleia em nove segundos cravados... Mas naquela noite não havia ninguém assim no North Star Coffee Lounge. O lugar era todo nosso – o que provou ser uma coisa boa, porque tínhamos engolido mais duas bolinhas de mescalina no caminho e os efeitos estavam começando a se manifestar.

Meu advogado tinha parado de vomitar e nem mesmo parecia enjoado. Pediu seu café com a confiança de um homem acostumado com serviço rápido. A garçonete parecia uma prostituta velha que tinha finalmente encontrado seu lugar na vida. Ali ela estava no *comando*, e nos encarou com desaprovação nítida enquanto nos instalávamos nos banquinhos.

Eu nem dei muita bola. O North Star Coffee Lounge parecia um refúgio seguro e nada tempestuoso. No meu ramo de trabalho, você percebe que o negócio vai ser barra-pesada assim que entra em certos cafés. Não importam os detalhes. Sua única certeza é que vibrações monstruosas pulsam no cérebro enquanto você se aproxima da entrada. Alguma coisa demente e maligna está prestes acontecer; e envolverá *você*.

Mas nada na atmosfera do North Star indicava uma necessidade de ficar alerta. A garçonete possuía certa hostilidade passiva, mas com isso eu estava acostumado. Era uma mulher grande. Não gorda, mas larga em todos os sentidos, com braços compridos e musculosos e uma mandíbula de gente briguenta. Uma caricatura destruída de Jane Russell: cabeçona com cabelos escuros, batom borrado e peitos enormes que devem ter sido espetaculares uns vinte anos atrás, quando ela foi a Mama dos Hell's Angels em Berdoo... mas agora estavam embalados num sutiã elástico gigante e cor-de-rosa, que por baixo de seu uniforme de raiom branco e suado parecia uma atadura.

Devia ser casada, mas eu não estava com vontade de especular. Naquela noite, tudo que eu queria dela era uma xícara de café preto e um hambúrguer de 29 centavos com picles e cebola. Nenhum aborrecimento, nenhuma conversa – apenas um lugar para descansar e recuperar as forças. Eu nem estava com fome.

Meu advogado não tinha um jornal ou qualquer outra coisa para prender a atenção. Assim, para espantar o tédio, se concentrou na garçonete. Ela anotava nossos pedidos como um robô quando meu advogado destruiu sua pose exigindo "dois copos de água gelada – com gelo".

Foda-se, pensei. Eu estava lendo as tirinhas.

Uns dez minutos depois, quando ela trouxe os hambúrgueres, vi meu advogado estender um guardanapo coberto de rabiscos. Fez isso muito casualmente, sem nenhuma expressão no rosto. Mas as vibrações me indicavam que nossa paz estava prestes a ser despedaçada.

"O que foi aquilo?", eu quis saber.

Ele deu de ombros, sorrindo vagamente para a garçonete, que estava de pé a uns três metros de distância, na ponta do balcão, lendo o guardanapo de costas para nós. Enfim ela se virou e começou a nos encarar... então avançou decidida e jogou o guardanapo em cima do meu advogado.

"O que é *isso*?", perguntou.

"Um guardanapo", ele respondeu.

Depois de um instante de silêncio constrangedor, ela começou a berrar: "Não me vem com essas merdas! Eu *sei* o que isso significa! Seu cafetão gordo nojento!".

Meu advogado pegou o guardanapo, olhou para as palavras que tinha escrito e o deixou cair sobre o balcão. "É o nome de um cavalo que tive", falou, muito calmo. "Qual é o seu *problema*?"

"Seu fiadaputa!", ela gritou. "Preciso aguentar muita merda neste lugar, mas pode apostar que não vou aguentar quieta as provocações de um *cafetão cucaracho*!"

Jesus!, pensei. O que está acontecendo? Fiquei atento às mãos da garçonete, torcendo para que ela não pegasse algo afiado ou pesado. Apanhei o guardanapo e li o que o desgraçado tinha escrito em cuidadosas letras vermelhas: "Rabinho doce?". O ponto de interrogação estava bem destacado.

Ela voltou a berrar: "Paguem a conta e caiam fora daqui! Senão eu chamo a polícia!".

Quando enfiei a mão no bolso para pegar a carteira, meu advogado já estava de pé, sem tirar os olhos da garçonete... enfiou a mão debaixo da camisa e sacou a minimagnum da Gerber, com sua lâmina prateada e ameaçadora. A garçonete pareceu entender tudo na hora.

Ficou paralisada: olhos angustiados, fixos na lâmina. Meu advogado, sem tirar os olhos de cima da garçonete, andou quase dois metros e foi até o telefone público. Cortou o cabo, trouxe o fone para o banquinho e sentou.

A garçonete não se mexeu. Eu estava tonto de choque, sem saber se saía correndo ou se caía na gargalhada.

"Quanto custa aquela torta de limão com merengue?", meu advogado quis saber. Sua voz soou espontânea, como se ele tivesse acabado de entrar e estivesse decidindo o que pedir.

"Trinta e cinco centavos!", balbuciou a garçonete. Os olhos estavam inchados de medo, mas seu cérebro parecia estar funcionando num nível básico de sobrevivência.

Meu advogado riu. "Estou falando da torta *inteira*", disse.

Ela gemeu.

Meu advogado colocou a comanda no balcão. "Vamos combinar que custa cinco dólares", falou. "Certo?"

Ela concordou, ainda paralisada, observando meu advogado dar a volta no balcão e pegar a torta no mostruário. Me preparei para sair.

A garçonete estava nitidamente em estado de choque. Aquela lâmina, puxada no calor de uma discussão, parecia ter detonado lembranças ruins. Os olhos vidrados indicavam que sua garganta já tinha sido cortada. Ainda estava nas garras da paralisia quando saímos.

9.
Colapso na Paradise Boulevard

Nota do editor:

A esta altura da cronologia, o dr. Duke parece ter sofrido um colapso total; o manuscrito está tão fragmentado que fomos obrigados a recorrer à gravação original e transcrevê-la na íntegra. Não fizemos nenhuma tentativa de editar esta seção, e o dr. Duke recusou-se até mesmo a lê-la. Não havia como falar com ele. O único endereço/contato que possuíamos nesse período era uma unidade de telefonia móvel na Rodovia 61 – e todos os esforços para entrar em contato com Duke nesse número provaram-se inúteis.

Em nome da objetividade jornalística, publicamos a seguinte seção exatamente como se encontra na fita – uma das muitas fitas que o dr. Duke nos entregou para fins de revisão, acompanhando o manuscrito. De acordo com ela, esta passagem registra um episódio que envolve Duke, seu advogado e uma garçonete numa lanchonete 24 horas em North Vegas. A justificativa para os eventos seguintes parece basear-se na sensação – compartilhada por Duke e seu advogado – de que o Sonho Americano precisava ser buscado em algum outro lugar, muito distante dos limites deprimentes da Conferência Nacional dos Promotores Públicos sobre Entorpecentes e Drogas Perigosas.

A transcrição tem início em algum ponto a nordeste de Las Vegas, nos arredores da cidade – avançando pela Paradise na Baleia Branca...

Adv.: Boulder City fica à direita. É uma cidade?

Duke: É.

Adv.: Vamos pra Boulder City.

Duke: Certo. Vamos tomar café em algum lugar...

Adv.: Bem ali, ó. Tacos do Terry, EUA. Seria legal comer tacos. Cinco por um dólar.

Duke: Parece horrível. Prefiro comer num lugar que venda um taco por cinquenta centavos.

Adv.: Não... pode ser nossa última chance de comer tacos.

Duke: ...eu preciso tomar café.

Adv.: Quero tacos...

Duke: Cinco tacos por um dólar é como... *cinco hambúrgueres* por um dólar.

Adv.: Não... nunca julgue um taco pelo preço.

Duke: Acha que pode ser um bom negócio?

Adv.: Acho. Eles têm um hambúrguer de 29 centavos. E um taco também custa 29. É um lugar barato, só isso.

Duke: Então você quer pedir desconto...

[*Apenas ruídos confusos nessa parte. – Editor*]

Adv.: ...Oi.

Garçonete: Posso ajudar?

Adv.: Vocês vendem tacos, né? São tacos mexicanos ou tacos comuns? Tipo, vocês botam chili dentro, algo assim?

Garçonete: Eles têm queijo e alface, e também colocamos molho.

Adv.: Então vocês garantem que são tacos genuinamente mexicanos?

Garçonete:...Não sei. Ô Lou, nossos tacos são genuinamente mexicanos?

Voz de mulher vindo da cozinha: Quê?

Garçonete: Nossos tacos são genuinamente mexicanos?

Lou: São tacos. Não sei o quanto eles são mexicanos.

Adv.: Bem, é que gosto de ter certeza de que vou receber aquilo por que estou pagando. São cinco por um dólar, né? Quero cinco.

Duke: Tacobúrguer? O que é isso?

[*Ruídos de motores a diesel. – Editor*]

Adv.: É um hambúrguer com recheio de taco...

Garçonete: ...no lugar da tortilha.

Duke: Um taco no pão.

Adv.: Aposto que os tacos de vocês são hambúrgueres com tortilhas no lugar do pão.

Garçonete: Não sei...

Adv.: Você trabalha aqui há muito tempo?

Garçonete: Comecei hoje.

Adv.: Imaginei, porque nunca tinha visto você. Estuda aqui perto?

Garçonete: Não, eu não estudo.

Adv.: Ah, é? Por que não? Tá doente?

Duke: Para com isso. A gente veio comer tacos.

[*Pausa*]

Adv.: Como seu advogado, recomendo que peça um chilibúrguer. É um hambúrguer com chili dentro.

Duke: É pesado demais pra mim.

Adv.: Então recomendo que peça um tacobúrguer. Experimenta pra ver como é.

Duke: ...o taco tem carne. Vou provar. E um pouco de café. Agora. Quero beber enquanto espero.

Garçonete: Quer só um tacobúrguer?

Duke: Vou provar primeiro. Talvez peça dois.

Adv.: Seus olhos são azuis ou verdes?

Garçonete: Hein?

Adv.: Azuis ou verdes?

Garçonete: Eles mudam.

Adv.: Que nem olhos de lagarto?

Garçonete: Que nem olhos de gato.

Adv.: Ah, é. Lagartos mudam a cor da pele...

Garçonete: Quer beber alguma coisa?

Adv.: Cerveja. Tenho cerveja no carro. Um montão. O banco de trás tá cheinho de cerveja.

Duke: Não gosto de misturar coco com cerveja e hambúrguer.

Adv.: Bem, vamos estourar os desgraçados... bem no meio da rodovia... Boulder City fica perto daqui?

Garçonete: Boulder City? Quer açúcar?

Duke: Quero.

Adv.: Ei, a gente *tá* em Boulder City? Ou pelo menos perto?

Duke: Não sei.

Garçonete: Ali, ó. Aquela placa diz Boulder City, viu? Vocês não são de Nevada?

Adv.: Não. A gente nunca esteve aqui. Só estamos de passagem.

Garçonete: É só seguir aquela estrada ali.

Adv.: Tem muita coisa pra fazer em Boulder City?

Garçonete: Olha, nem sei. Eu não...

Adv.: Tem cassinos?

Garçonete: Não sei, é só uma cidadezinha.

Duke: E onde fica o cassino?

Garçonete: Não sei.

Adv.: Peraí, de onde você é?

Garçonete: Nova York.

Adv.: E faz um dia que tá aqui.

Garçonete: Não, já faz um tempo que estou aqui.

Adv.: E pra onde você vai? Quando tem vontade de nadar, essas coisas...

Garçonete: Pro meu quintal.

Adv.: Qual o endereço?

Garçonete: Hã, é na... ah... a piscina ainda não abriu.

Adv.: Deixa eu explicar pra você de um jeito bem simples. A gente tá procurando o Sonho Americano. Falaram pra nós que ele tá aqui por perto... Bem, a gente tá aqui atrás dele, porque nos mandaram vir lá de San Francisco pra fazer isso. Pra encontrar o Sonho. É por isso que nos deram esse Cadillac branco. Acham que assim talvez fique mais fácil de encontrar...

Garçonete: Ei, Lou, sabe onde fica o Sonho Americano?

Adv. (*para Duke*): Ela tá perguntando pra cozinheira se ela sabe onde fica o Sonho Americano.

Garçonete: Cinco tacos, um tacobúrguer. Sabe onde fica o Sonho Americano?

Lou: Como assim? O que é isso?

Adv.: Bem, a gente não sabe. Fomos mandados de San Francisco até aqui pra encontrar o Sonho Americano. Foi uma revista, eles querem uma matéria.

Lou: Ah, é um lugar.

Adv.: Um lugar chamado Sonho Americano.

Lou: Não é o antigo Clube dos Psiquiatras?

Garçonete: Acho que é.

Adv.: Antigo Clube dos Psiquiatras?

Lou: O antigo Clube dos Psiquiatras fica na Paradise... Vocês estão falando sério?

Adv.: Ah, claro que sim. Olha só aquele carro, acha que eu teria um carro daqueles?

Lou: Será que é o antigo Clube dos Psiquiatras? Era uma discoteca...

Adv.: Pode ser.

Garçonete: Fica na esquina da Paradise com qual rua mesmo?

Lou: Ross Allen era o dono do antigo Clube dos Psiquiatras. Mas e agora?

Duke: Não sei.

Adv.: Tudo que disseram pra gente foi: acelerem até encontrar o Sonho Americano. Peguem esse Cadillac branco e encontrem o Sonho Americano. Fica na região de Las Vegas.

Lou: Deve ser o antigo...

Adv.: ...é uma matéria meio besta, mas, enfim, é assim que a gente ganha dinheiro.

Lou: Vocês vão tirar fotos, ou...

Adv.: Não, não... sem fotos.

Lou: ...mandaram vocês procurarem pelo em ovo?

Adv.: É meio que procurar pelo em ovo, sim, mas a gente tá levando isso muito a sério.

Lou: Sim, deve ser o antigo Clube dos Psiquiatras. Mas hoje só tem gente ruim por lá. Traficantes, mendigos, marginais, viciados.

Adv.: Talvez seja isso aí. Fica aberto a noite toda ou o dia todo?

Lou: Ah, meu amor, *nunca fecha*. Mas não é um cassino.

Duke: E como é esse lugar?

Lou: Fica na Paradise, hã, é o antigo Clube dos Psiquiatras na Paradise.

Adv.: Antigo Clube dos Psiquiatras é o nome do lugar?

Lou: Não, Clube dos Psiquiatras era o nome antigo. Mas alguém comprou... nunca ouvi falar que o nome novo era Sonho Americano... era algo tipo, associado com, hã... é tipo um hospício pra onde vão todos os drogados.

Adv.: Um hospício? Tipo um hospital psiquiátrico?

Lou: Não, meu amor, é que todos os viciados e traficantes vão pra lá. É um lugar que atrai todos os maconheiros, esse tipo de gente... mas não se chama Sonho Americano, não.

Adv.: E você tem ideia do nome? Ou sabe mais ou menos onde fica?

Lou: Bem na esquina da Paradise com a Eastern.

Garçonete: Mas a Paradise e a Eastern são paralelas.

Lou: Sim, mas é só sair da Eastern e ir pra Paradise...

Garçonete: É, eu sei. Mas aí seria na Paradise, na altura do Flamingo. Acho que alguém...

Adv.: A gente tá hospedado no Flamingo. Acho que sei de que lugar vocês tão falando. Acho que sei onde fica.

Lou: Não é um ponto turístico.

Adv.: Bem, foi também por isso que me mandaram. Ele é o redator: eu sou o guarda-costas. Porque imagino que...

Lou: Aqueles caras são malucos... aqueles moleques são malucos.

Adv.: Tudo bem.

Garçonete: É, eles têm suas próprias leis.

Duke: Violência 24 horas por dia? É disso que estamos falando?

Lou: Exato. Olha, o Flamingo fica bem aqui... Ah, assim não vai dar; deixa eu fazer do meu jeito. Bem aqui, no primeiro posto de gasolina, é a Tropicana. Virem à direita.

Adv.: Tropicana, à direita.

Lou: O primeiro posto de gasolina fica na Tropicana. Virem à direita na Tropicana e sigam por aqui... à direita na Tropicana, à direita na Paradise. Aí tem um prédio grande, pintado de preto... é todo preto e bem esquisito.

Adv.: À direita na Tropicana, à direita na Paradise, prédio preto...

Lou: E tem um placa que diz "Clube dos Psiquiatras", mas estão reformando tudo.

Adv.: Tudo bem, deve dar pra reconhecer...

Lou: Se eu puder ajudar em qualquer coisa, meu amor... nem sei se é esse o lugar. Mas parece que sim. Acho que vocês estão na pista certa, rapazes.

Adv.: Certo. É a melhor dica que a gente recebeu em dois dias. Já perguntamos por tudo quanto é canto.

Lou: ...posso dar uns telefonemas e descobrir com certeza.

Adv.: É mesmo?

Lou: Claro. Eu ligo pro Allen e pergunto.

Adv.: Nossa, eu ia ficar muito agradecido.

Garçonete: O primeiro posto de gasolina não fica na Tropicana. É o segundo posto.

Lou: Tem um placa enorme na rua, bem aqui, dizendo Tropicana Avenue. Virem à direita e, quando chegarem na Paradise, virem à direita de novo.

Adv.: Certo. Prédio preto enorme, à direita na Paradise: violência 24 horas por dia, drogas...

Garçonete: Aqui é a Tropicana, viu? Essa aqui é a estrada pra Boulder City, que segue sempre reto, bem assim.

Duke: Bem, então fica bem no meio da cidade.

Garçonete: É, a Paradise aparece mais ou menos por ali. Aqui é a Paradise. É isso. E estamos bem aqui, ó. Aqui fica a estrada pra Boulder City... e aqui, a Tropicana.

Lou: Não é por aí, não. Acho que essa garçonete também anda fumando maconha...

Adv.: Ah, tudo bem, já é uma pista...

Lou: Podem parar bem aqui, rapazes. Vai dar tudo certo.

Duke: Se a gente conseguir encontrar.

Adv.: Se aceitarem a matéria depois que ficar pronta.

Garçonete: Bem, por que não entram aqui e sentam um pouco?

Duke: Estamos tentando tomar bastante sol.

Adv.: Ela vai dar um telefonema pra descobrir onde fica.

Duke: Ah. Certo, vamos entrar.

Nota do editor (cont.):

É impossível transcrever as fitas relativas aos eventos posteriores, porque estão cobertas com um líquido viscoso. Mas se percebe alguma consistência nos sons distorcidos, indicando que aproximadamente duas horas mais tarde o dr. Duke e seu advogado finalmente encontraram o que havia restado do "Antigo Clube dos Psiquiatras" – um imenso pedaço de concreto queimado e em ruínas, no meio de um terreno baldio coberto por um matagal. O dono de um posto de gasolina no outro lado da rua afirmou que o lugar "pegou fogo uns três anos atrás".

10.

Dificuldades no aeroporto... Horrendo flashback peruano... "Não! É tarde demais! Nem tenta!"

Meu advogado foi embora ao amanhecer. Quase perdemos o primeiro voo para Los Angeles porque eu não conseguia encontrar o aeroporto. Ficava a menos de meia hora do hotel. Disso eu tinha certeza. Assim, saímos do Flamingo exatamente às sete e meia... mas por algum motivo não conseguimos fazer o retorno no semáforo da Tropicana. Seguimos pela freeway, que é paralela à pista do aeroporto, mas vai na direção *oposta* à do terminal... e não havia como chegar até lá sem cometer alguma infração séria.

"Puta merda! A gente se perdeu!", berrava meu advogado. "Que porra a gente *tá fazendo* nesta estrada? O aeroporto fica ali!" Apontava histérico para o outro lado.

"Não se preocupe", falei. "Nunca perdi um voo." Sorri quando a lembrança ficou mais nítida. "Só uma vez, no Peru", continuei. "Eu já tinha passado pela alfândega e saído legalmente do país. Voltei ao bar pra conversar com um traficante de cocaína boliviano... e de repente ouvi o barulho daquelas turbinas gigantescas de 707 e saí correndo pra pista. Tentei embarcar, mas a porta ficava bem atrás das turbinas e já tinham tirado a escada. Caralho, aqueles motores teriam me fritado que nem bacon... mas eu estava alucinado: queria desesperadamente embarcar.

"Quando me viram chegando, os guardas do aeroporto se aglomeraram no portão. Eu corria como um desgraçado, bem pra cima deles. O cara que estava comigo gritava: 'Não! É tarde demais! Nem tenta!'.

"Ao ver os guardas me esperando, diminuí o ritmo... como se tivesse mudado de ideia. Mas, quando vi que eles *relaxaram*, mudei o ritmo novamente e tentei passar *pelo meio* daqueles filhos da puta." Dei risada. "Jesus, foi como bater de frente com um armário cheio de monstros de gila. Os desgraçados quase me mataram. Só lembro de ver cinco ou seis cassetetes batendo em mim ao mesmo tempo, e umas vozes berrando: 'Não! Não! É suicídio! Parem esse gringo maluco!'.

"Acordei umas duas horas depois, num bar no centro de Lima. Tinham me colocado em cima de uns bancos de couro. Minha bagagem estava ao meu lado. Ninguém tinha aberto nada... aí voltei a dormir e embarquei no primeiro voo na manhã seguinte."

Meu advogado não estava prestando muita atenção. "Olha", falou, "eu realmente gostaria de ouvir mais sobre suas aventuras no Peru, mas não *agora*. Neste momento, tudo que me interessa é chegar até aquela pista de decolagem."

Estávamos voando baixo. Eu procurava algum atalho, algum tipo de acesso, algum caminho que levasse ao terminal. Já tínhamos andado oito quilômetros desde o último retorno.

Só havia um jeito de chegar a tempo. Pisei no freio e fiz a Baleia descer para a vala coberta de grama que separava as duas pistas da freeway. Como era funda demais para entrar de frente, enfiei o carro na diagonal. Quase capotei, mas mantive as rodas girando e conseguimos chegar à outra pista. Para nossa sorte, estava vazia. Saímos da vala com a parte dianteira apontando para o ar, como um hidroplano... então a Baleia quicou no asfalto e seguiu direto em frente, cruzando a pista da freeway e depois um terreno cheio de cactos. Lembro de passar por cima de algum tipo de cerca, que arrastei por algumas centenas de metros. Quando chegamos à pista de decolagem, já tínhamos recuperado o controle... voando a cem por hora em primeira marcha. O caminho parecia aberto até o terminal.

Eu só me preocupava com a chance de ser esmagado como uma barata por um DC-8. Ele nunca nos enxergaria durante o pouso... só perceberia nossa existência quando estivesse bem em cima de nós. Será que o pessoal da torre conseguia nos ver de lá? Provavelmente sim... mas ah, grande coisa. Continuei pisando fundo. Retroceder não faria sentido.

Meu advogado se agarrava ao painel com as duas mãos. Olhei de relance e vi que ele estava apavorado. Seu rosto parecia ter ficado cinzento, e senti que não estava nada feliz com aquilo tudo. Mas estávamos avançando tão rápido pela pista – e pelos cactos, e mais uma vez pela pista – que ele foi obrigado a compreender nossa situação. Já não havia mais sentido em debater se era uma atitude sensata; ela já havia sido tomada. Nossa única esperança era chegar ao outro lado.

Conferindo meu relógio Accutron, vi que faltavam 3 minutos e 15 segundos para a decolagem. "Bastante tempo", falei. "Arruma suas coisas. Vou largar você bem ao lado do avião." Avistei o imenso jato vermelho e prateado da Western uns mil metros à nossa frente... e a essa altura já avançávamos pelo asfalto macio.

"Não!", gritou meu advogado. "Não posso sair! Vão me crucificar. Vou ter que assumir a culpa!"

"Deixa de ser ridículo", desdenhei. "Diga que você estava pegando carona pro aeroporto e eu parei o carro. Você nunca tinha me visto antes. Essa cidade é cheia de Cadillacs conversíveis, porra... e a minha ideia é ir embora tão rápido que ninguém vai ter a chance de conferir a merda da placa."

Estávamos chegando perto do avião. Eu via os passageiros embarcando, mas estavam tão distantes que ninguém percebia nossa chegada... por aquele caminho incomum. "Está pronto?", perguntei.

Meu advogado gemeu. "E por que não? Mas pelo amor do Santo Cristo, seja rápido!" Ele deu uma olhada na área de bagagens e apontou:

"Bem ali!", falou. "Me larga atrás daquele furgão. Para o carro bem atrás dele e eu salto bem ali. Ninguém vai me ver. Depois você pode fugir."

Assenti com a cabeça. Até ali, tínhamos todo o espaço de que precisávamos. Nenhum sinal de alerta ou perseguição. Imaginei que talvez aquele tipo de coisa acontecesse o tempo todo em Vegas – carros cheios de passageiros atrasados cantando pneu na pista de decolagem, largando samoanos de aparência transtornada carregando misteriosas sacolas de lona que entravam correndo em aviões no último segundo possível e então decolavam na direção do sol nascente.

Talvez, pensei. Talvez esse tipo de coisa seja procedimento padrão nesta cidade...

Parei atrás do furgão e pisei no freio pelo tempo necessário para que meu advogado saltasse do carro. "Não deixa esses porcos se aproveitarem de você", gritei. "Lembre-se de que se você tiver qualquer problema basta mandar um telegrama pras Pessoas Certas."

Ele abriu um sorriso. "É... Explicando minha Situação", falou. "Um imbecil escreveu um poema sobre isso. Parece um ótimo conselho pra quem tem merda na cabeça." Acenou em despedida.

"Certo", falei, saindo fora. Eu já tinha notado uma brecha na cerca de metal trançado – engatei a primeira na Baleia e segui direto para lá. Ninguém parecia me seguir. Não dava para entender. Dei uma olhada no retrovisor e vi meu advogado embarcando no avião, sem nenhum sinal de problemas... e logo atravessei o portão e entrei no tráfego matinal da Paradise.

Virei à direita na Russell e à esquerda na Maryland Parkway... e de repente estava cruzando o campus da Universidade de Las Vegas no mais perfeito anonimato... rostos desprovidos de tensão. Parei num sinal vermelho e me distraí por um instante com o súbito festival de carne desfilando pela faixa de segurança: belas coxas musculosas, minissaias cor-de-rosa, mamilos jovens e maduros, blusas sem mangas, longas madeixas de cabelo loiro, lábios rosados e olhos azuis – todas as marcas inconfundíveis de uma cultura perigosamente inocente.

Senti vontade de encostar o carro e começar a berrar sugestões obscenas: "Ei, Docinho, vamos ficar bizarros? Pula aqui no meu Cadillac, vamos cheirar um éter na minha suíte no Flamingo e depois agir como bichos na minha piscina particular em forma de meia-lua...".

Ah, claro... pensei. Mas a essa altura eu já avançava pela Maryland, quase chegando ao retorno para a rua do Flamingo. De volta ao hotel para fazer um balanço. Tudo indicava que eu estava a caminho de problemas... que tinha abusado da sorte, de todas as regras que norteavam Las Vegas – sacaneei os nativos, abusei dos turistas, aterrorizei os trabalhadores.

Senti que minha única esperança era ter exagerado na dose, ter aprontado tanto que ninguém na posição de bater o martelo *acreditaria* que era tudo verdade. Especialmente porque tínhamos nos registrado com a Conferência de Polícia. Quando você vai armar confusão nesta cidade, é bom pegar pesado. Não perca tempo com pequenos delitos e contravenções. Vá direto na jugular. Parta logo para os crimes.

Las Vegas tem uma mentalidade tão grosseira e primitiva que um crime realmente gritante acaba passando batido. Há pouco tempo um dos meus vizinhos passou uma semana na cadeia em Vegas por "vadiagem". Tem uns vinte anos de idade: cabelos compridos, jaqueta Levi's, mochila – fica bem claro que é *aventureiro*, um Cara da Estrada. Totalmente inofensivo; viaja pelo país procurando aquela coisa que sentimos nos anos 60 – uma viagem meio Bob Zimmerman em início de carreira.

Viajando de Chicago a Los Angeles, sentiu vontade de conhecer Las Vegas e resolveu passar pela cidade. Dar uma olhada, curtir o cenário na Strip... sem pressa nenhuma... por que se apressar? Estava parado numa esquina perto do Circus-Circus, conferindo o chafariz multicolorido, quando o carro da polícia encostou.

Bam. Direto para a cadeia. Sem telefonema, sem advogado, sem acusação. "Eles me enfiaram no carro e me levaram pra delegacia", contou. "Depois me colocaram numa sala enorme e cheia de gente. Mandaram eu tirar toda a roupa antes mesmo de me ficharem. Fiquei parado na frente de uma mesa enorme, com quase dois metros de altura. Lá em cima, um policial me olhava como se fosse um juiz medieval.

"A sala estava cheia de gente. Uns doze prisioneiros, talvez; uns trinta e poucos policiais, dos quais uns dez eram mulheres. Você tinha que ir pro meio da sala, tirar tudo dos bolsos, colocar em cima da mesa e tirar a roupa – com todo mundo olhando.

"Eu só tinha uns 20 dólares e a multa por vadiagem era 25. Aí me colocaram com o pessoal que ia pra cadeia. Ninguém me agrediu. Parecia uma linha de montagem.

"Os dois caras atrás de mim tinham cabelo comprido. Pessoal do ácido. Também tinham sido presos por vadiagem. Mas, quando começaram a esvaziar os bolsos, a sala inteira pirou. Juntos, os dois tinham uns 130 mil dólares, a maior parte em notas grandes. Os policiais não acreditavam. Aqueles caras ficavam tirando bolos de dinheiro e largando em cima da mesa – os dois nus, de cabeça baixa, sem dizer nada.

"Os policiais ficaram malucos ao ver aquela dinheirama. Começaram a cochichar entre si; porra, não tinha como prender aqueles dois por 'vadiagem'." Riu. "Aí eles foram acusados de 'suspeita de evasão de imposto de renda'.

"Levaram todo mundo pra cadeia e os dois caras ficaram loucos. Eram traficantes, é claro. Todas as suas drogas estavam no quarto do hotel – ou seja, eles precisavam sair da cadeia antes que os policiais descobrissem onde estavam hospedados.

"Ofereceram cem dólares prum guarda, pedindo que trouxesse o melhor advogado da cidade... e uns vinte minutos depois lá estava ele, berrando sobre *habeas corpus* e essa merda toda... porra, cheguei até a tentar falar com o sujeito, mas o cara era obcecado. Falei que tinha como pagar a fiança e até dar algum dinheiro pra ele se me deixassem telefonar pro meu pai em Chicago, mas ele estava ocupado demais resolvendo o pepino dos outros caras.

"Umas duas horas mais tarde ele voltou com um guarda e disse 'Vamos embora'. Os dois estavam livres. Enquanto esperavam, um dos caras me contou que aquilo ia custar trinta mil dólares... e acho que custou mesmo. Mas, porra, e daí? Saiu barato, comparado com o que aconteceria se eles não tivessem dado um jeito.

"Finalmente me deixaram mandar um telegrama pro meu velho, e ele me mandou 125 dólares... mas a transferência levou uns sete ou oito dias; não tenho certeza de quanto tempo fiquei por lá, porque o lugar não tinha nenhuma janela e nos davam comida a cada doze horas... você perde a noção de tempo quando não consegue ver o sol.

"Tinha 75 caras em cada cela – umas salas enormes, com uma privada bem no meio. Você ganhava um colchão de palha quando entrava e dormia onde quisesse. Um cara da minha cela estava preso fazia trinta anos por ter assaltado um posto de gasolina.

"Quando finalmente saí, o policial responsável tirou mais 25 dólares do dinheiro que meu pai tinha mandado, além dos 25 da multa por vadiagem. E o que eu ia falar? Ele *pegou* e pronto. Aí me deu os 75 que sobraram e disse que um táxi estava esperando pra me levar até o aeroporto... e, quando entrei no táxi, o motorista disse: 'Não vamos parar em lugar nenhum, camarada, e é melhor você não se *mexer* até a gente chegar ao terminal de embarque'.

"Não mexi nem um músculo. Ele teria atirado em mim, porra. Tenho certeza. Entrei direto no avião e não dei um pio com ninguém até ficar sabendo que não estávamos mais em Nevada. Cara, taí um lugar pra onde eu *nunca mais vou voltar.*"

11. Fraude? Furto? Estupro? Um momento brutal com a camareira Alice

Fiquei lembrando dessa história ao deixar a Baleia Branca no estacionamento do Flamingo. Cinquenta dólares e uma semana na cadeia apenas por ser curioso e ficar parado numa esquina... Jesus, que penas incríveis estariam à *minha* espera? Pensei nas acusações possíveis – mas, em termos legais, até que não pareciam tão ruins assim:

Estupro? Dessa seria fácil se livrar. Eu nem cobicei a garota, porra, muito menos encostei as mãos nela. Fraude? Furto? Sempre havia a chance de fazer um "acordo". Pagar. Dizer que fui enviado a Las Vegas pela *Sports Illustrated* e arrastar os advogados da Time, Inc. para as entranhas de um processo horripilante. Prender todo mundo por anos a fio num labirinto de recursos e liminares. Bloquear todos os seus bens em lugares como Juneau e Houston... Requisitar trocas de jurisdição o tempo todo, para Quito, Nome e Aruba... Manter o negócio em movimento, andar em círculos, forçar conflitos com o departamento contábil:

CRONOGRAMA DE ABNER H. DODGE,
ADVOGADO-CHEFE

Item: US$ 44.066,12... Despesas especiais, a saber: perseguimos o réu, R. Duke, por todo o Hemisfério Ocidental, e enfim o levamos a julgamento numa aldeia do litoral norte de uma ilha chamada

Culebra, no Caribe. Seus advogados obtiveram um mandado judicial determinando que todos os procedimentos subsequentes deveriam ser conduzidos na linguagem da tribo Caribe. Matriculamos três advogados no Berlitz com esse intuito, mas dezenove horas antes da data marcada para o início dos trabalhos o réu fugiu para a Colômbia, onde estabeleceu residência numa aldeia de pescadores chamada Guajira, perto da fronteira com a Venezuela, onde o idioma oficial de jurisprudência é um dialeto obscuro chamado "guajiro". Após diversos meses obtivemos jurisdição nesse lugar, mas a essa altura o réu havia se mudado para um porto virtualmente inacessível na nascente do rio Amazonas, onde estabeleceu conexões fortíssimas com uma tribo de caçadores de cabeças chamados "jívaros". Nosso representante em Manaus foi enviado rio acima, mas a busca acabou fracassando devido a graves problemas de comunicação. Na verdade, existe uma séria preocupação da parte de nosso escritório no Rio sobre a viúva do supracitado representante, que tem chances de obter uma vultosa compensação – graças à parcialidade dos tribunais locais – muito superior a qualquer quantia que um júri de nosso país consideraria razoável ou mesmo sensata.

De fato. Mas o que é sensato? Especialmente aqui, em "nosso país" – nesta desventurada Era Nixon. No momento, estamos todos buscando a *sobrevivência.* Nada restou da velocidade que abasteceu os anos 60. Os estimulantes estão saindo de moda. Esse foi o defeito fatal na viagem de Tim Leary. Ele cruzou os Estados Unidos vendendo a "expansão da consciência" sem parar para pensar nas realidades sinistras e dolorosas à espera das pessoas que o levaram a sério demais. Depois de West Point e do Sacerdócio, para ele o LSD deve ter parecido completamente lógico... Mas não fico exatamente satisfeito ao saber que ele se deu muito mal, porque acabou levando muitos outros consigo.

Não que isso tenha sido injusto: sem dúvida eles Tiveram o que Mereciam. Todos aqueles usuários de ácido pateticamente entusiasmados, achando que poderiam comprar Paz e Compreensão por três dólares a dose. Mas sua perda e seu fracasso também são nossos. Em sua derrocada, Leary levou consigo a ilusão central de todo um estilo de vida que ele mesmo ajudou a criar... uma geração de mutilados permanentes, perseguidores fracassados, que nunca compreenderam a falácia mística essencial da Cultura do Ácido: o pressuposto desesperado de que alguém – ou ao menos alguma *força* – está cultivando a Luz no fim do túnel.

É a mesma bobagem cruel e paradoxalmente benévola que sustentou a Igreja Católica por tantos séculos. É também a ética militar... uma fé cega em alguma "autoridade" superior e mais sábia. O Papa, O General, O Primeiro-Ministro... até chegar a "Deus".

Um dos momentos cruciais dos anos 60 foi o dia em que os Beatles se encontraram com o Maharishi. Foi como se Dylan tivesse ido ao Vaticano para beijar o anel do Papa.

Primeiro, "gurus". Depois, quando isso não funcionou, um retorno a Jesus. E agora, seguindo a trilha primitiva/instintiva de Manson, toda uma nova onda de comunas semelhantes a clãs... e suas Divindades, como Mel Lyman, o Avatar Americano, e o Fulano de Tal que comanda "Espírito e Carne".

Sonny Barger nunca entendeu as coisas direito, mas também nunca percebeu como chegou perto de uma vitória infernal. Os Hell's Angels arruinaram tudo em 1965, entre Oakland e Berkeley, ao seguir os instintos trogloditas de Barger e atacar a linha de frente de um marcha antibélica. Foi um cisma histórico na então Crescente Maré do Movimento Jovem dos Anos 60. Foi o primeiro *abismo* a se abrir entre os dois grupos... sua importância fica clara na história do SDS*, que acabou se destruindo no esforço inútil de buscar reconciliação entre os interesses dos motoqueiros/vagabundos da classe baixa/trabalhadora e os ativistas/universitários de classe alta/média.

Na época, nenhum dos envolvidos no movimento conseguiria prever as Implicações do fracasso de Ginsberg/Kesey em convencer os Angels a unir forças com a Esquerda Radical de Berkeley. A cisão final aconteceu em Altamont, quatro anos mais

* "Students for a Democratic Society" (Estudantes por uma Sociedade Democrática), importante movimento estudantil de esquerda dos anos 60. (N.T.)

tarde. Mas as coisas estavam claras para todos havia muito tempo, exceto para uns maconheiros da indústria do rock e para a imprensa do país. A orgia de violência em Altamont apenas *dramatizou* o problema. As realidades já estavam estabelecidas; a doença era nitidamente terminal e as energias do Movimento já tinham sido dissipadas na busca pela autopreservação.

Ah, que perda de tempo. Memórias dolorosas e flashbacks horrendos surgindo por entre as brumas do tempo na Stanyan Street... relembrar não faz sentido e não proporciona nenhum conforto para os que restaram. A questão, como sempre, é – e agora...?

Eu estava jogado na minha cama do Flamingo, sentindo um descompasso perigoso com o ambiente que me cercava. Alguma coisa horrível estava prestes a acontecer. Eu tinha certeza. Aquele quarto parecia o cenário de um experimento zoológico desastroso

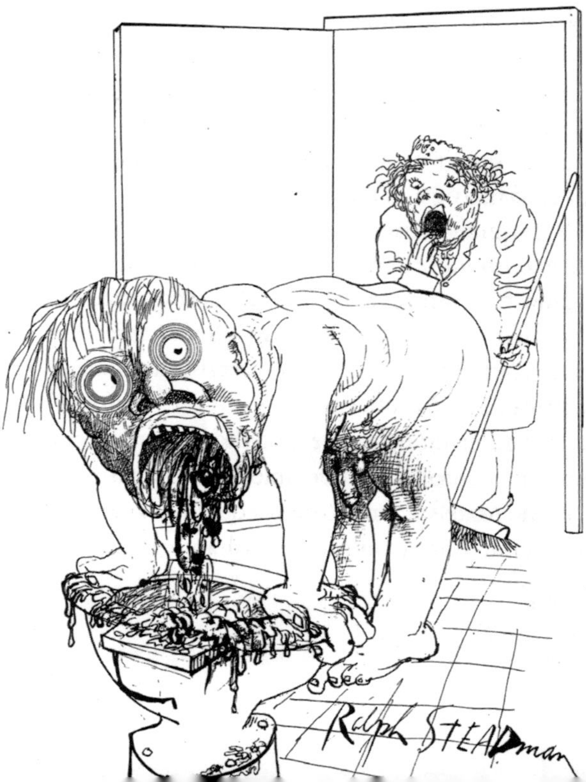

envolvendo uísque e gorilas. Mesmo estilhaçado, o espelho de três metros continuava no lugar – prova irrefutável da tarde em que meu advogado surtou com o martelo de quebrar cocos e começou a atacar o espelho e as lâmpadas.

Trocamos as lâmpadas por luzes de Natal vermelhas e azuis compradas na Safeway, mas não havia como substituir o espelho. A cama do meu advogado parecia um ninho de rato depois de um incêndio. O fogo tinha consumido a parte de cima, e o resto era uma massa de arame e espuma carbonizados. Para nossa sorte, as camareiras não tinham chegado nem perto do quarto desde o terrível confronto da terça-feira.

Naquela manhã, eu estava dormindo quando a camareira entrou. Tínhamos esquecido de colocar o sinal de "Não Perturbe" na maçaneta... ela entrou no quarto e deu um susto no meu advogado, que estava nu, ajoelhado no closet, vomitando em cima dos próprios sapatos... Imaginava estar no banheiro, mas de repente deu de cara com uma mulher que parecia o Mickey Rooney... ela o encarava, incapaz de falar, tremendo de medo e confusão.

"Ela tava segurando o esfregão como se fosse um machado", ele argumentou mais tarde. "Então saí do closet ainda ajoelhado, sem parar de vomitar, e acertei os joelhos dela... foi puro instinto; achei que ela ia me matar... e aí, quando ela gritou, enfiei o saco de gelo na boca da desgraçada."

Sim. Eu me lembro do grito... um dos sons mais aterrorizantes que já escutei. Acordei e vi meu advogado rolando pelo chão ao lado da minha cama, brigando desesperadamente com o que parecia ser uma *velhinha.* O quarto estava tomado por ruídos elétricos. A televisão chiava no volume máximo, sintonizada num canal inexistente. Eu mal conseguia ouvir os gritos abafados da mulher tentando tirar o saco de gelo da boca... mas ela não tinha como enfrentar a massa bruta e nua do meu advogado... acabou cercada num canto do quarto, debaixo da televisão, balbuciando "por favor... por favor... sou só a camareira, não queria *incomodar...*" enquanto ele a esganava...

Pulei da cama, peguei a carteira e sacudi meu distintivo dourado da Associação Beneficente da Polícia bem na frente dela.

"Você está presa!", gritei.

"Não!", ela se lamentou. "Eu só queria limpar o quarto!"

Meu advogado se levantou, ofegante. "Acho que ela usou uma chave mestra", falou. "Eu tava engraxando meus sapatos no closet e de repente notei ela entrando de fininho – aí *peguei* a safada." Ele tremia. Vômito e baba escorriam pelo seu queixo, e na hora percebi que ele compreendia a gravidade da situação. Daquela vez nosso comportamento tinha ultrapassado bastante os limites da loucura particular. Ali estávamos nós, completamente nus, olhando para uma velhinha aterrorizada – uma *empregada* do hotel – estendida no chão da nossa suíte num acesso de medo e histeria. Era preciso dar um jeito naquela situação.

"Quem mandou você fazer isso?", perguntei. "Quem pagou você?"

"Ninguém!", ela chorou. "Sou a *camareira*!"

"Mentira!", gritou meu advogado. "Você tava atrás das provas! Quem tá por trás disso – o gerente?"

"Eu trabalho pro *hotel*", ela respondeu. "Eu só limpo os quartos."

Olhei para o meu advogado. "Isso significa que eles sabem o que *temos* aqui", falei. "Então mandaram esta pobre velhinha pra nos roubar."

"Não!", ela berrou. "Nem sei do que vocês estão falando!"

"Porra nenhuma!", gritou meu advogado. "Você tá tão envolvida quanto eles!"

"Envolvida com o *quê*?"

"Com o círculo das drogas", expliquei. "Você *deve saber* o que está acontecendo neste hotel. Por que acha que estamos aqui?"

Ela olhou para nós dois. Tentou falar, mas apenas gaguejou. "*Sei* que vocês são da polícia", disse enfim. "Mas achei que só estavam aqui para a convenção. *Juro*! Eu só queria limpar o quarto. Não sei nada sobre *drogas*!"

Meu advogado deu risada. "Deixa disso, doçura. Nem tenta dizer pra gente que nunca ouviu falar da Granja Gorman."

"Não!", ela gritou. "Não! Juro por Deus que nunca ouvi falar disso!"

Meu advogado pareceu refletir por um momento e então se abaixou para ajudar a velhinha a ficar de pé. "Talvez ela esteja falando a verdade", disse, olhando para mim. "Talvez ela *não faça* parte do círculo."

"Não faço! Juro que não!", ela uivou.

"Bem...", falei. "Nesse caso, talvez não seja preciso se livrar dela... talvez ela possa *ajudar.*"

"Sim!", ela respondeu, ansiosa. "Ajudo como puder! *Odeio* drogas!"

"Nós também, dona", esclareci.

"Acho que ela pode entrar na folha de pagamento", falou meu advogado. "Primeiro a gente investiga a vida dela. Depois paga uma Bolada todo mês, dependendo das informações que ela passar."

O rosto da velhinha mudou nitidamente de expressão. Não parecia mais transtornada por estar conversando com dois homens nus, um dos quais tinha tentado sufocá-la havia poucos instantes.

"Você acha que consegue?", perguntei.

"O quê?"

"Fazer um telefonema por dia", disse meu advogado. "Apenas pra contar o que viu." Deu um tapinha no ombro da camareira. "Não se preocupe se nada fizer muito sentido. Disso a gente se encarrega."

Ela abriu um sorriso. "Vocês vão me *pagar* pra fazer isso?"

"Pode apostar", falei. "Mas se você contar alguma coisa sobre a operação pra *qualquer pessoa* – aí vai passar o resto da vida na prisão."

Ela sacudiu a cabeça. "Ajudo no que puder", falou. "Mas pra quem eu telefono?"

"Não se preocupe", disse meu advogado. "Como é seu nome?"

"Alice", ela respondeu. "É só ligar para o serviço de camareiras e pedir pra falar com a Alice."

"Entraremos em contato", informei. "Vai demorar mais ou menos uma semana. Enquanto isso, fica de olhos bem abertos e tenta agir normalmente. Você consegue?"

"Ah! Sim, senhor!", ela respondeu. "Vou encontrar os senhores de novo?" Sorriu, submissa. "*Depois* de hoje, quero dizer..."

"Não", disse meu advogado. "Viemos de Carson City. Quem entrará em contato com você será o inspetor Rock. Arthur Rock. Vai estar disfarçado de político, mas não será difícil reconhecê-lo."

Ela parecia nervosa.

"O que houve?", eu quis saber. "Está *escondendo* alguma coisa?"

"Oh, não!", ela não perdeu tempo em responder. "Eu só estava pensando – *quem* vai me pagar?"

"O inspetor Rock cuidará disso", falei. "Mil dólares por mês, em dinheiro vivo, todo dia nove."

"Deus do céu!", ela exclamou. "Eu faria qualquer coisa por isso!"

"Você e muita gente", disse meu advogado. "Você ficaria surpresa ao saber quantas pessoas constam da nossa folha de pagamento – aqui mesmo neste hotel."

Ela pareceu surpresa. "Alguém que eu *conheço*?"

"É provável", falei. "Mas todos estão disfarçados. Você só vai ficar sabendo se algo realmente sério acontecer e um deles precisar entrar em contato com você em público, usando a senha."

"E *qual* é a senha?", ela quis saber.

"Uma mão lava a outra", expliquei. "Assim que ouvir a senha, você deve responder: 'Nada temo'. Assim eles vão *reconhecer* você."

Ela balançou a cabeça, repetindo o código sem parar, enquanto escutávamos para ter certeza de que havia sido decorado.

"Tá bom", interrompeu meu advogado. "Por enquanto é só. É provável que a gente não se encontre mais até o bater do martelo. É melhor nos ignorar até deixarmos o hotel. Não precisa arrumar o quarto. Deixa uma pilha de toalhas e sabonetes na frente da porta, todo dia, à meia-noite." Sorriu. "Assim não corremos o risco de outro pequeno incidente, é ou não é?"

Ela tomou o rumo da porta. "Como quiserem, cavalheiros. Peço mil desculpas pelo que aconteceu... mas é que eu não *sabia.*"

Meu advogado a acompanhou. "Nós entendemos", falou, delicado. "Mas já passou. Graças a Deus ainda existe gente *decente.*"

Ela sorriu e fechou a porta ao sair do quarto.

12.
Voltando ao Circus-Circus... Atrás do macaco... Que se dane o Sonho Americano

Quase 72 horas tinham se passado desde esse bizarro encontro. Nenhuma outra camareira botou os pés no quarto. Tentei imaginar o que Alice teria dito a elas. Nós chegamos a vê-la outra vez, empurrando um carrinho de roupa suja pelo estacionamento. Entramos na Baleia sem demonstrar que tínhamos notado sua presença, e ela deu sinais de entender por quê.

Mas aquilo não tinha como durar muito. O quarto estava cheio de toalhas usadas, penduradas por todo lado. O piso do banheiro estava coberto por uma camada de quinze centímetros de sabonetes, vômito e cascas de toranja, tudo misturado com cacos de vidro. Eu precisava calçar as botas sempre que entrava para mijar. De tantas sementes da maconha, a parte felpuda do tapete cinza mosqueado parecia estar ficando verde.

Era um ambiente tão sórdido, tão imundo, que não parecia impossível se safar argumentando que se tratava de uma "reprodução tridimensional" inspirada na Haight Street para mostrar aos policiais do resto do país o teor de sujeira e degeneração que os drogados eram capazes de alcançar se não fossem detidos.

Mas que tipo de viciado precisaria de tantos cocos partidos ao meio? E as cascas de melão? Será que as drogas justificariam a presença de tantas batatas fritas intocadas? De poças de ketchup endurecido na cômoda?

Talvez. Mas como explicar toda a *bebida*? E as fotos pornográficas grosseiras, arrancadas de revistas de quinta categoria como *Vadias da Suécia* e *Orgias no oásis*, pregadas no espelho quebrado e com jatos de mostarda que tinham virado crostas amarelas... e todos os sinais de violência, as estranhas luzinhas vermelhas e azuis, os cacos de vidro fincados no gesso da parede...

Não; aquilo não eram as marcas de um viciado normal, temente a Deus. Era selvagem demais, agressivo demais. Aquele quarto continha evidências de consumo excessivo de todos os tipos de drogas conhecidas pelo homem civilizado desde 1544. Só poderia ser explicado como uma espécie de *montagem*, uma forma exagerada de exposição médica, armada com muito cuidado para demonstrar o que poderia acontecer se 22 drogados barras-pesadas – cada um com um vício *diferente* – fossem trancados juntos no mesmo quarto por cinco dias e cinco noites, sem descanso.

De fato. Mas é claro que isso nunca aconteceria na Vida Real, cavalheiros. Armamos todo esse negócio somente para fins de *demonstração*...

De repente o telefone começou a tocar, me arrancando do estupor das minhas fantasias. Encarei o aparelho. Trrr-riiiiimmmmmmmm... Jesus, e agora? *Será*? Sou quase capaz de escutar a voz aguda do Gerente, o sr. Heem, informando que a polícia estava a caminho do meu quarto e pedindo que eu fizesse a gentileza de não atirar na porta quando eles começassem a arrombá-la.

Trriiiimmmm... Não, eles não telefonariam antes. Assim que decidissem me pegar, imagino que armariam uma emboscada no elevador: primeiro gás de pimenta, depois espancamento. Aconteceria sem aviso.

Atendi o telefone. Era meu amigo Bruce Innes, ligando do Circus-Circus. Havia encontrado o sujeito que queria vender o macaco pelo qual eu tinha me interessado. Custava 750 dólares.

"Mas com que tipo de verme ganancioso estamos lidando?", perguntei. "Ontem à noite era quatrocentos."

"Ele disse que acabou de descobrir que o bicho é treinado", disse Bruce. "Ontem à noite ele deixou o macaco dormir no trailer e o bicho cagou no boxe do chuveiro."

"Isso não quer dizer nada", retruquei. "Macacos gostam de água. Na próxima vez vai cagar na pia."

"Não quer vir pra cá e conversar com o sujeito?", sugeriu Bruce. "Ele está aqui no bar comigo. Falei que você queria muito esse macaco, que poderia dar um lar para ele. Acho que ele vai fazer negócio, mas é bastante *apegado* ao maldito bicho. Está com a gente aqui no bar, sentado num banquinho, babando num copo de cerveja."

"Certo", falei. "Chego em dez minutos. Não deixa esse escroto ficar bêbado. Quero encontrá-lo em condições normais."

Quando cheguei, um velho estava sendo colocado numa ambulância em frente à entrada do Circus-Circus. "O que houve?", perguntei ao manobrista.

"Não sei muito bem", ele respondeu. "Falaram que ele teve um derrame. Mas percebi que a nuca dele tava toda cortada." Entrou na Baleia e me deu um canhoto. "Quer que eu guarde seu drinque?", perguntou, estendendo um enorme copo de tequila que estava no banco do carro. "Se quiser, coloco na geladeira."

Fiz que sim com a cabeça. Esse pessoal conhecia meus hábitos. Eu já tinha ido àquele lugar tantas vezes, com Bruce e o resto da banda, que os manobristas sabiam meu nome – mesmo que eu nunca tivesse me apresentado e ninguém tivesse perguntado como eu me chamava. Imaginei que aquilo fazia parte do negócio; deviam ter aberto o porta-luvas e encontrado um bloco de anotações com meu nome na capa.

Na época não me dei conta do motivo verdadeiro: eu ainda estava usando meu crachá da Conferência dos Promotores Públicos. Estava pendurado no bolso da minha jaqueta de caçador multicolorida, mas eu tinha me esquecido dele havia muito tempo. Sem dúvida eles imaginavam que eu era algum tipo muito esquisito de agente disfarçado... ou talvez não; talvez apenas me tratassem bem por acharem que alguém tão louco a ponto de se fingir de policial enquanto dirigia por Las Vegas num Cadillac branco conversível com um copo de bebida na mão *tinha* que ser um Peso-Pesado, talvez até alguém perigoso. Num lugar onde ninguém com alguma ambição é realmente quem parece ser, não existe muito risco em agir como um esquisitão de marca maior. Eles deviam fazer sinais um para o outro, resmungando alguma coisa sobre "esses malditos farsantes sem classe".

O outro lado da moeda é a síndrome do "Caralho! *Quem é* esse cara?", que acomete pessoas como porteiros e supervisores quando deparam com sujeitos que agem como malucos mas são generosos nas gorjetas – um sinal de que *deve* se tratar de alguém importante, que deve ser bajulado, ou pelo menos tratado com alguma gentileza.

Mas nada disso faz a mínima diferença para alguém com a cabeça cheia de mescalina. Você fica andando por aí, fazendo tudo o que lhe parece correto. E geralmente tem razão. Vegas é tão cheia de pessoas naturalmente esquisitas – criaturas realmente transtornadas – que as drogas não chegam a ser um problema, exceto para os policiais e a máfia da heroína. Drogas psicodélicas são quase irrelevantes numa cidade onde você pode entrar num cassino a qualquer hora do dia ou da noite e assistir a um gorila sendo crucificado – numa cruz de neon flamejante que de repente vira um cata-vento, girando o animal em círculos ensandecidos sobre a cabeça dos jogadores.

Encontrei Bruce no bar, mas não havia sinal do macaco. "Onde está?", eu quis saber. "Estou pronto pra assinar o cheque. Quero levar esse bicho pra casa, ele vai comigo no avião. Já reservei dois lugares na primeira classe – R. Duke e Filho."

"No *avião*?"

"Claro, porra", falei. "Acha que vão *reclamar*? Mencionar as enfermidades do meu filho?"

Bruce deu de ombros. "Esquece", falou. "Acabaram de levar o bicho embora. Ele atacou um velho aqui no bar. O velhote começou a encher o saco do garçom, reclamando da presença da 'ralé esfarrapada' no recinto, e bem nessa hora o macaco deu um grito – aí o velho tacou uma cerveja em cima dele. O macaco enlouqueceu, pulou do banquinho como se tivesse molas no rabo e arrancou fora numa dentada um pedaço enorme da nuca do velhote... o garçom precisou chamar uma ambulância. Depois a polícia veio e levou o macaco embora."

"Puta merda", falei. "Quanto é a fiança? Eu *quero* aquele macaco."

"Acorda", disse Bruce. "Acho bom você ficar longe da delegacia. É tudo que precisam pra meter você na cadeia. Esquece o macaco. Você não precisa dele."

Pensei um pouco e decidi que ele devia ter razão. Não havia sentido em estragar tudo por causa de um macaco violento que eu nem mesmo cheguei a conhecer. Talvez ele arrancasse fora um naco da *minha* cabeça se eu tentasse pagar a fiança. Precisaria de um tempo para se acalmar depois de ficar atrás das grades, e eu não podia me dar ao luxo de esperar.

"Quando você vai embora?", Bruce quis saber.

"Assim que puder", respondi. "Não faz sentido continuar nessa cidade. Já tenho tudo que preciso. Qualquer coisa a mais acabaria me confundindo."

Bruce pareceu surpreso. "Você *encontrou* o Sonho Americano?", perguntou. "Aqui, *nesta* cidade?"

Confirmei com a cabeça. "Estamos sentados em seu centro nervoso neste exato momento", informei. "Lembra daquela história que o gerente contou sobre o dono deste lugar? De que ele sempre queria fugir com o circo quando era moleque?"

Bruce pediu mais duas cervejas. Olhou para o cassino por um instante e encolheu os ombros. "É, entendo o que você quer dizer", falou. "Agora o filho da puta tem o *próprio circo*, além de uma licença pra roubar." Sacudiu a cabeça. "Tem razão – ele é o protótipo."

"Sem dúvida", concordei. "É puro Horatio Alger, até mesmo na atitude. Tentei conversar com ele, mas uma lésbica com voz de caminhoneiro, que disse ser sua Secretária-Executiva, me mandou tomar no cu. Disse que a coisa que seu Patrão mais odeia nos Estados Unidos é a imprensa."

"Ele e Spiro Agnew", resmungou Bruce.

"E ambos têm razão", corroborei. "Tentei dizer pra ela que eu estava de acordo com tudo que ele representava, mas a mulher falou que se eu tivesse alguma noção do que era bom pra mim cairia fora da cidade e nem *pensaria* em encher o saco do seu Patrão. 'Ele abomina repórteres', ela falou. 'Não quero que isso pareça um alerta, mas, se eu fosse você, entenderia assim...'"

Bruce sacudiu a cabeça. Ganhava mil dólares por semana do Patrão para fazer dois shows por noite no Leopard Lounge, e mais dois mil para a banda. Só precisavam fazer duas horas de barulho infernal toda noite. O Patrão estava pouco se fodendo para o tipo de música que tocassem, desde que fosse bem pesada e que o volume dos amplificadores estivesse alto o bastante para atrair gente até o bar.

Era estranho sentar ali em Vegas e escutar Bruce cantando coisas fortes como "Chicago" e "Country Song". Se a gerência se desse o trabalho de prestar atenção nas letras, a banda inteira levaria um banho de alcatrão e penas.

Vários meses mais tarde, em Aspen, Bruce cantou as mesmas músicas num clube lotado de turistas e um ex-Astronauta...* Quando o último show terminou, ______ veio até nossa mesa e começou a gritar todo tipo de imbecilidade bêbada e megapatriótica, enchendo o saco do Bruce com perguntas do tipo: "Como um *canadense* desgraçado tem a coragem de descer até aqui para *insultar este país*?" .

"Cara", eu me intrometi. "Eu sou *americano*. Moro aqui e concordo com tudo que ele disse, porra."

Nesse momento os seguranças apareceram com seus sorrisos enigmáticos, dizendo: "Boa noite, cavalheiros. De acordo com o *I Ching*, está na hora de ficarem quietos, certo? E aqui *ninguém* incomoda os músicos, correto?".

O Astronauta se afastou, carrancudo, resmungando sobre usar sua influência para "tomar providências urgentes" sobre as leis de imigração. "Qual é o seu *nome*?", ele me perguntou enquanto era retirado pelos seguranças.

---

* Nome removido por insistência do advogado do editor.

"Bob Zimmerman", falei. "E só tem uma coisa que eu odeio nesse mundo: polacos burros e teimosos."

"Você acha que sou *polaco*?", ele berrou. "Seu *cuzão* imundo! Você é um bosta! Você não *representa* este país."

"Deus, espero que *você* também não represente", Bruce resmungou. _____ continuava praguejando ao ser conduzido até a rua.

Na noite seguinte, em outro restaurante, O Astronauta estava engolindo seu grude – completamente sóbrio – quando um garoto de catorze anos se aproximou da mesa para pedir um autógrafo. ______ se fez de modesto por um instante, fingindo estar constrangido, e então rabiscou sua assinatura no pedacinho de papel. O garoto olhou para aquilo por um instante e então rasgou em pedacinhos, os quais largou no colo de ______. "Nem todo mundo ama você, cara", ele falou. Deu as costas para _____ e voltou para sua mesa, a uns dois metros de distância.

Os acompanhantes do Astronauta ficaram mudos. Oito ou dez pessoas – esposas, gerentes e engenheiros-chefes que mostravam as atrações de Aspen para _____. Pela cara deles, parecia que alguém tinha usado spray de merda na mesa. Ninguém deu um pio. Comeram bem rápido e foram embora sem dar gorjeta.

E chega de Aspen e astronautas. ______ nunca teria esse tipo de problema em Las Vegas.

Basta um pouco desta cidade para empanturrar qualquer um. Depois de cinco dias em Vegas, parece que você está há cinco anos por aqui. Tem gente que gosta – mas também existe quem goste de Nixon. Ele teria sido o Prefeito ideal para esta cidade; com John Mitchell como Xerife e Agnew como Secretário de Saneamento.

13.

Fim da linha...
Morte da Baleia...
Suando em bicas no aeroporto

Quando tentei me sentar à mesa de bacará, os seguranças me pegaram. "Seu lugar não é aqui", disse um deles, em voz baixa. "Vamos sair."

"Por quê?", questionei.

Eles me levaram até a entrada e fizeram um sinal para que o manobrista trouxesse a Baleia. "Cadê seu amigo?", perguntaram enquanto esperávamos.

"Que amigo?"

"Aquele latino grandalhão."

"Olha", comecei. "Sou um Doutor em Jornalismo. Você nunca me veria andando por aqui na companhia de um latino imundo."

Deram risada. "Então o que é *isso* aqui?", perguntaram. Era uma fotografia enorme, que mostrava eu e meu advogado sentados a uma das mesas do bar flutuante.

Dei de ombros. "Não sou eu", falei. "É um cara chamado Thompson. Ele trabalha pra *Rolling Stone...* um sujeito realmente escroto, totalmente maluco. E esse cara ao lado dele é um matador de aluguel que trabalha pra Máfia em Hollywood. Porra, vocês *analisaram* essa fotografia? Que tipo de demente andaria por Vegas usando uma luva negra em *uma* só *mão*?"

"Nós percebemos", disseram. "E *onde* ele está?"

Dei de ombros. "Ele anda bem rápido", falei. "Recebe ordens de St. Louis."

Os seguranças me encararam. "E como *você* sabe essas coisas todas?"

Mostrei meu distintivo dourado da ABP, bem rápido, de costas para a multidão. "Ajam naturalmente", sussurrei. "Não chamem a atenção para mim."

Continuavam parados no mesmo lugar quando me afastei dirigindo a Baleia. O carro chegou exatamente na hora certa. Dei uma nota de cinco ao manobrista e segui em frente cantando pneu.

Era o fim. Fui até o Flamingo e coloquei toda minha bagagem no carro. Tentei fechar a capota, para ter mais privacidade, mas havia algo de errado com o motor. Desde que enfiei o carro no lago Mead para fazer um teste de resistência aquática, a luz da bateria estava acesa, bem vermelha. Uma olhada rápida no painel revelou que todos os circuitos do carro estavam completamente fodidos. Nada funcionava. Nem mesmo os faróis dianteiros – e quando apertei o botão do ar-condicionado uma explosão bem feia soou debaixo do capô.

A capota estava emperrada na metade do caminho, mas resolvi tentar ir ao aeroporto mesmo assim. Se aquela banheira não andasse direito, era só abandoná-la e chamar um táxi. Que se foda essa merda fabricada em Detroit. Não deveriam permitir esse tipo de coisa.

O sol estava nascendo quando cheguei ao aeroporto. Deixei a Baleia no estacionamento da VIP. Um garoto de uns quinze anos recebeu o carro, mas me neguei a responder a suas perguntas. Parecia bem nervoso com as condições gerais do veículo. "Santo Deus!", gritava sem parar. "Como *isso* aconteceu?" Ficava andando em volta do carro, apontando para vários amassados, arranhões e batidas.

"Eu sei", falei. "Acabaram com ele. Vegas é uma cidade horrorosa pra conversíveis. O pior momento foi no meio da avenida, bem na frente do Sahara. Sabe aquela esquina onde ficam os viciados? Jesus, nem acreditei quando todos ficaram malucos *ao mesmo tempo.*"

O garoto não era muito esperto. Tinha ficado pálido logo no início, e agora parecia mudo de pavor.

"Não se preocupe", eu disse. "Tenho seguro." Mostrei o contrato, apontando as letrinhas miúdas que garantiam um seguro contra *qualquer tipo de dano* por apenas dois dólares ao dia.

O garoto ainda estava sacudindo a cabeça quando saí. Senti um pouco de culpa por deixá-lo sozinho com aquela coisa. Não havia como explicar toda aquela destruição. O carro estava acabado, tinha virado sucata, perda total. Em circunstâncias normais, eu teria sido preso quando tentasse entregá-lo... mas não àquela hora da manhã, quando só aquele garoto estava por lá. Afinal de contas, eu era "VIP". De outro modo eles nem teriam me entregado esse carro...

Quem semeia vento colhe tempestade, pensei enquanto entrava às pressas no aeroporto. Como ainda era cedo demais para agir normalmente, desabei na cafeteria, escondido pelo *L.A. Times.* Em algum ponto do corredor, uma jukebox tocava "One Toke Over the Line". Prestei atenção por um momento, mas minhas sinapses já não estavam tão receptivas. A única música com a qual eu ainda poderia ter alguma conexão àquela altura seria "Mister Tambourine Man". Ou talvez "Memphis Blues Again"...

"Awww, Mama... can this really... be the end...?"

Como meu avião decolava às oito, eu ainda precisava esperar duas horas. Eu me sentia desesperadamente visível. Não tinha dúvida de que estavam à minha procura; o cerco se fechava... era apenas uma questão de tempo antes que caíssem em cima de *mim* como animais raivosos.

Despachei toda minha bagagem, exceto a sacola de couro, que estava cheia de drogas. E o 357. Será que eles têm aquele maldito detector de metais neste aeroporto? Caminhei até o portão de embarque e tentei agir naturalmente enquanto analisava o lugar em busca de caixas pretas. Nenhuma à vista. Resolvi correr o risco – cruzar o portão com um sorriso enorme no rosto, resmungando distraído alguma coisa sobre "um péssimo momento pro mercado de ferramentas"...

O embarque de mais um vendedor fracassado, nada mais. Tudo culpa do Nixon, aquele desgraçado. De fato. Resolvi que pareceria ainda mais espontâneo se conversasse com alguém – pura conversa fiada entre passageiros:

"Cumé que tá, parceiro? Eu tô suando que nem um condenado, né? Tô mesmo! *Caramba*, rapaz! Já leu os jornais hoje?... Não dá pra acreditar no que esses filhos da mãe fizeram *agora*!".

Acho que seria suficiente... mas não encontrei ninguém que parecesse confiável o bastante para conversar. O aeroporto estava cheio de gente que dava a impressão de estar pronta para chutar minhas costelas se eu desse um passo em falso. Comecei a me sentir bem paranoico... como um criminoso internacional fugindo da Scotland Yard.

Para onde quer que eu olhasse, via Porcos... porque naquela manhã o aeroporto de Las Vegas estava *mesmo* cheio de policiais; o êxodo em massa posterior ao clímax da Conferência dos Promotores Públicos. Quando finalmente me dei conta disso, fiquei bem mais otimista quanto à minha saúde mental...

E TUDO
parece estar pronto.
Você está Pronto?
Pronto?

Bem, e por que não? É um dia complicado em Vegas. Mil policiais estão deixando a cidade, correndo pelo aeroporto em trios ou grupos de seis. Estão voltando para casa. A conferência sobre drogas terminou. O saguão do aeroporto está tomado de corpos e conversas macabras. Cervejas aguadas e bloody marys. Vítimas de brotoejas passando Mexsana no peito por baixo das correias grossas dos coldres de ombro. Não é mais preciso esconder as coisas. Que tudo se revele... ou pelo menos saia para tomar um ar.

Sim, muito agradecido... Acho que estourou um botão das minhas calças. Espero que não caiam. Ninguém quer que minhas calças caiam logo agora, não é?

Não, porra. Não hoje. Não aqui, no meio do aeroporto de Las Vegas, nesta manhã suarenta de encerramento da gigantesca reunião sobre Entorpecentes e Drogas Perigosas.

"*When the train... come in the station... I looked her in the eye...*"*

Música sinistra no aeroporto.

"*Yes, it's hard to tell it's hard to tell, when all your love's in Vain...*"**

De vez em quando todo mundo tem um daqueles dias em que *tudo* é em vão... uma série de frustrações do início ao fim; e quem sabe se cuidar fica escondido num canto seguro em dias como esse, só *de olho*. Talvez pensando um pouco. Recostado numa cadeira barata, distante do tráfego, abrindo preguiçosamente umas cinco ou oito Budweisers... fumando um pacote inteiro de Marlboros longos, comendo um sanduíche de manteiga de amendoim. Quando a noite enfim chegar, engolir um belo pedaço de mescalina... então, mais tarde, pegar o carro e ir até a praia. Caminhar à beira-mar, no meio da névoa, congelando os pés a uns dez metros da areia... depois passear pelo meio dos pedaços de madeira trazidos pelo mar, das aves marinhas, dos siris e outros bichos... vez ou outra enxergando ao longe pervertidos ou vagabundos com casacões de lã, andando sozinhos pelas dunas...

É o tipo de gente a quem você nunca é apresentado – se tiver um pouco de sorte. Mas a praia é um lugar bem menos arriscado que o aeroporto de Las Vegas numa manhã como aquela.

Eu me sentia muito chamativo. Psicose de anfetamina? Demência paranoide? O *que* seria? Minhas malas argentinas? Esse jeito de caminhar todo esquisito, que me tornou inapto para o serviço militar na Marinha?

De fato. *Este homem nunca vai conseguir andar direito, Capitão! Uma perna é maior que a outra...* Nem tanto. Pouco menos

---

* Trecho de "Love in Vain", de Robert Johnson. Em tradução livre: "Quando o trem... chegou à estação... olhei nos olhos dela". (N.T.)

** "Sim, é difícil dizer é difícil dizer, quando todo seu amor é em Vão..." (N.T.)

de um centímetro, mas eram sessenta milímetros a mais do que o Capitão estava disposto a tolerar.

Então nos separamos. Ele aceitou um posto de comando no Mar do Sul da China e eu me tornei um Doutor em Jornalismo Gonzo... e, muitos anos depois, matando tempo no aeroporto de Las Vegas naquela manhã terrível, peguei um jornal e fiquei sabendo da grande cagada do Capitão.

COMANDANTE DE NAVIO
MASSACRADO POR NATIVOS
APÓS ATAQUE "ACIDENTAL"
A GUAM

(AOP) – *A bordo do U.S.S. Crazy Horse: Em algum lugar do Pacífico* (25/9) – Hoje todos os 3.465 tripulantes desse novíssimo porta-aviões americano estão em luto fechado, depois que cinco dos seus colegas, incluindo o Capitão, foram retalhados como fatias de abacaxi num confronto com o Esquadrão de Combate à Heroína no porto neutro de Hong See. Dr. Bloor, o capelão do navio, presidiu o tenso serviço fúnebre conduzido no convés do navio ao amanhecer. O Coral da Quarta Frota cantou "Tom Thumb's Blues"... e então, quando os sinos do navio soaram freneticamente, os restos mortais dos cinco homens foram incinerados numa tigela e lançados no Pacífico por um oficial encapuzado identificado apenas como "O Comandante". Pouco depois do encerramento do serviço fúnebre, a tripulação começou a brigar entre si e todas as comunicações com o navio foram interrompidas por tempo indeterminado. Porta-vozes oficiais do quartel-general da Quarta Frota em Guam informaram que a Marinha não tem "nada a declarar" a respeito da situação até que se divulgue o resultado das investigações secretas conduzidas por uma equipe de especialistas civis comandada por James Garrison, ex-promotor público de New Orleans.

... Por que se dar o trabalho de ler jornais, se isso é tudo que têm a oferecer? Agnew tinha razão. A imprensa é uma gangue de covardes impiedosos. Jornalismo não é uma profissão, não é nem mesmo um ofício. É uma saída barata para vagabundos e desajustados – uma porta falsa que leva à parte dos fundos da vida, um buraquinho imundo e cheio de mijo, fechado com tábuas pelo inspetor de segurança, mas fundo o bastante para comportar um bêbado deitado que fica olhando para a calçada se masturbando como um chimpanzé numa jaula de zoológico.

14.

Adeus a Vegas... "Que Deus tenha piedade de vocês, seus porcos!"

Enquanto me esgueirava pelo aeroporto, percebi que ainda estava usando meu crachá de identificação. Era um retângulo cor de laranja, coberto de plástico transparente, anunciando: "Raoul Duke, Investigador Especial, Los Angeles". Reparei no crachá ao me olhar no espelho que ficava sobre o mictório.

Livre-se desse troço, pensei. Rasgue. Essa história acabou... e não deu em nada. Pelo menos não para mim. E certamente não para meu advogado – que também tinha um crachá – mas agora estava de volta a Malibu, acalentando suas feridas paranoides.

Aquilo tinha sido uma perda de tempo, uma palhaçada sem sentido que tinha servido apenas – analisando friamente – como desculpa barata para mil policiais passarem alguns dias em Las Vegas e deixarem a conta para os contribuintes. Ninguém tinha *aprendido* nada – ou pelo menos nada de novo. Exceto, talvez, no meu caso... e tudo que aprendi foi que a Associação Nacional dos Promotores Públicos está pelo menos dez anos atrasada em relação à verdade macabra e às realidades cruas e inquietas daquilo que eles recém aprenderam a chamar de "Cultura das Drogas" neste asqueroso Ano de Nosso Senhor de 1971.

Ainda estão gastando milhares de dólares dos contribuintes para fazer filmes sobre "os perigos do LSD" numa época em que todos – menos os policiais – sabem que o ácido é o Studebaker do mercado das drogas; a popularidade dos psicodélicos caiu de forma tão drástica que a maioria dos grandes traficantes nem mesmo vende ácido ou mescalina de qualidade, exceto para fazer algum favor a clientes especiais: em sua maioria, usuários diletantes de drogas com mais de TRINTA anos e cansados de novidades – como eu e meu advogado.

Agora o grande mercado está nos Tranquilizantes. Vermelhas, opiáceos – Seconal e heroína – e todo tipo de maconha vagabunda plantada em fundo de quintal e tratada com tudo que se pode imaginar, de arsênico a tranquilizantes para cavalo. Hoje em dia o que vende é aquilo Que Fode Você – qualquer coisa que dê curto-circuito no seu cérebro e o deixe fora de combate pelo maior período de tempo possível. O mercado do gueto se espalhou para os subúrbios. Quem usava ansiolíticos mergulhou de cabeça na onda das agulhas subcutâneas, chegando até a injetar nas veias... e para cada ex-usuário de anfetaminas que passou aos opiáceos para se aliviar existem duzentos garotos que passaram direto do Seconal para as agulhas. Nunca nem se preocuparam em *experimentar* anfetaminas.

Estimulantes saíram de moda. No mercado de 1971, metedrina é tão rara quanto ácido puro ou DMT. "Expansão de Consciência" virou passado com Lyndon Johnson... e vale a pena lembrar que, historicamente, a onda dos tranquilizantes surgiu com Nixon.

Cambaleei para dentro do avião sem problema nenhum, exceto por uma onda de vibrações incômodas proveniente dos outros passageiros... mas a essa altura minha cabeça fritava tanto que eu não me importaria de embarcar completamente nu e coberto de cancros purulentos. Teria sido necessário usar de extrema força física para me impedir de entrar naquela aeronave. Eu tinha ido tão além da simples fadiga que começava a me sentir confortável com a ideia de histeria permanente. Sentia que um simples mal-entendido com a aeromoça me faria chorar ou perder a razão... e a mulher pareceu notar, porque me tratou com muita delicadeza.

Quando pedi mais cubos de gelo para o meu *bloody mary*, ela trouxe rapidinho... e quando meus cigarros acabaram ela tirou um maço da própria bolsa. Só pareceu nervosa quando saquei uma toranja da minha sacola e comecei a descascá-la com uma faca de caça. Percebi que ela me vigiava de perto e tentei sorrir. "Nunca vou a lugar nenhum sem levar uma toranja", falei. "É difícil achar toranjas realmente boas – a não ser que você seja rico."

Ela concordou com a cabeça.

Esbocei outra careta/sorriso, mas era difícil saber o que ela estava pensando. Era inteiramente possível, eu sabia, que ela já tivesse decidido me tirar do avião numa jaula assim que pousássemos em Denver. Encarei seus olhos por algum tempo, mas ela conseguiu manter o controle.

Eu estava dormindo quando nosso avião encostou na pista, mas a sacudida me acordou instantaneamente. Olhei pela janela e vi as Montanhas Rochosas. Mas que porra eu estava fazendo *ali*?, pensei. Não fazia nenhum sentido. Resolvi telefonar para meu advogado assim que fosse possível. Pedir que mandasse algum dinheiro para eu comprar um enorme dobermann albino. Denver é um centro nacional de triagem de dobermanns roubados; chegam de todas as partes do país.

Como eu já estava por lá, imaginei que seria uma boa ideia arranjar um cachorro bem violento. Mas antes precisava de algo para os nervos. Assim que o avião pousou, avancei pelo corredor até chegar à farmácia do aeroporto. Pedi amilas para a balconista.

Ela começou a ficar inquieta e sacudir a cabeça. "Ah, não", falou enfim. "*Isso* eu não posso vender sem receita."

"Eu sei", respondi. "Mas veja bem, eu sou um *doutor*. Não preciso de receita."

A balconista continuava inquieta. "Bem... preciso ver algum tipo de identificação", gemeu.

"É claro." Puxei a carteira e exibi o distintivo policial enquanto procurava meu Cartão-Desconto Eclesiástico – que me identifica como Doutor em Teologia, Sacerdote Autorizado da Igreja da Verdade Nova.

Depois de inspecionar o cartão atentamente, ela o devolveu. Percebi em sua atitude que tinha começado a me tratar com respeito. Seus olhos se tornaram cordiais. Parecia estar com vontade de me tocar. "Espero que me perdoe, Doutor", ela disse, abrindo um belo sorriso. "Mas eu preciso perguntar. Aparecem uns sujeitos *muito esquisitos* por aqui. Todo tipo de viciados perigosos. Você não acreditaria."

"Não se preocupe", falei. "Entendo perfeitamente. Mas tenho problemas no coração e espero..."

"Com certeza!", ela exclamou – e em poucos segundos voltou com uma dúzia de amilas. Paguei sem discutir sobre meu direito a um desconto eclesiástico. Tirei uma da caixa e abri imediatamente sob meu nariz, bem na frente da balconista.

"Agradeça por ter um coração jovem e forte", falei. "Se eu fosse você, nunca... ah... puta merda!... hein? Sim, agora preciso que me dê licença; está fazendo efeito." Saí da farmácia e fui deslizando até onde imaginei que ficava o bar.

"Que Deus tenha piedade de vocês, seus porcos!", gritei para dois marines que saíam do banheiro masculino.

Ambos me olharam, mas não disseram nada. Eu já estava rindo como um demente. Mas não fazia diferença. Eu era só mais um clérigo perturbado com problemas no coração. Porra, eles me adorariam no Brown Palace. Dou outra fungada nas amilas e quando chego ao bar meu coração está tomado de alegria. Eu me sinto uma reencarnação monstruosa de Horatio Alger... um Homem em Movimento, doente o bastante para se sentir totalmente seguro de si.

Sobre o autor

HUNTER STOCKTON THOMPSON nasceu em Louisville, Kentucky, em 18 de julho de 1937, em uma família de classe média que ficou empobrecida após a morte do pai ainda na sua adolescência. Seus estudos no Ensino Médio foram interrompidos ao ser preso por envolvimento num roubo. Em seguida a esse período de dois meses na prisão, ingressou na Força Aérea dos Estados Unidos e ao mesmo tempo – o que era proibido – começou a trabalhar como editor de esportes de um jornal local. Depois da dispensa do serviço militar, em 1958, passou a colaborar com diversos periódicos americanos, até se mudar para San Juan, Puerto Rico, em 1960. Retornou aos Estados Unidos no ano seguinte, quando atravessou o país pegando carona numa viagem que culminou com a chegada em Big Sur, na Califórnia. Nessa época, escreveu *Rum: diário de um jornalista bêbado*, que só seria publicado em 1998.

No início dos anos 60, como correspondente do *National Observer*, percorreu a América do Sul, tendo morado até em Copacabana, no Rio de Janeiro. Em 1963, casou-se com sua namorada de longa data, Sandra Dawn Conklin, de quem se divorciaria dezessete anos depois e com quem teve um filho, Juan.

Seu primeiro livro a ser publicado, *Hell's Angels* (1967), foi escrito após passar um ano convivendo com os motociclistas do clube e tornou-se um clássico. O título foi um sucesso, e o autor teve matérias publicadas na *Esquire*, *Rolling Stone*, *Harper's* e *The New York Times Magazine*.

Nos anos 70, candidatou-se ao cargo de xerife de Aspen, Colorado, onde morava em uma fazenda com sua coleção de armas, mas perdeu a eleição. É dessa época o artigo sobre o Kentucky Derby, que teria dado origem ao jornalismo gonzo. Em pleno desabrochar do New Journalism, com expoentes como Tom Wolfe, Gay Talese, Truman Capote e Norman Mailer, Thompson desenvolveu seu próprio estilo de escrita, que receberia o nome de gonzo, uma gíria usada para descrever o sobrevivente a uma bebedeira. Esse estilo é caracterizado pela completa imersão do jornalista na história. Reza a lenda que, desesperado pela proximidade do prazo de entrega, Thompson, já sem ideias, enviou páginas brutas de seu caderno, apenas numerando-as. Ao contrário do que esperava, começou a receber diversos elogios pelo estilo único, em primeira pessoa. Foi também nos anos 70 que o autor iniciou sua parceria com Ralph Steadman, que ilustrou seu livro seguinte, *Medo e delírio em Las Vegas*. Publicado em capítulos na revista *Rolling Stone* em 1971 e adaptado para o cinema com Johnny Depp e Benicio Del Toro, em 1998, é um retrato fiel da vida desregrada que Thompson levava, inundada pelo álcool e pelas drogas.

Ele publicou também, entre outros, *Fear and Loathing on the Campaign Trail' 72* (1973), *The Great Shark Hunt* (1979), *Better Than Sex* e *The Fear and Loathing Letters v. 1: 1955-1967* (1998). Thompson tirou a própria vida aos 67 anos, em 20 de fevereiro de 2005.

Livros do autor publicados pela **L&PM** EDITORES:

Hell's Angels
Medo e delírio em Las Vegas
Rum: diário de um jornalista bêbado

IMPRESSÃO:

PALLOTTI
GRÁFICA

Santa Maria - RS | Fone: (55) 3220.4500
www.graficapallotti.com.br